ちくま文庫

北山耕平青春エッセイ集

抱きしめたい

北山耕平

筑摩書房

目次

第Ⅰ部 『抱きしめたい』より

第1章 60年代のなかで育って

第2章 逃げだす子供たち

・文中の（＊）＝編集部註

文庫版まえがき

自分自身を考えるきっかけとなった本

本書の元となった、『抱きしめたい――ビートルズと20000時間のテレビジョン』(一九七六年 大和書房刊) は、僕が日本からアメリカに出るきっかけを作ってくれた本だ。

この本があったからその後も僕はいろいろな雑誌に書くようになり、『POPEYE』特派員としてアメリカに行くきっかけとなった。

僕がアメリカ・インディアンと出会うための道筋を作るためにこの本が必要だった。

そして、僕が、自分とは何か、「日本人」とは何かということを考えるきっかけを作ってくれたものでもある。いわば、僕が自立するための道具のようなものだった。

この本というきっかけがなかったら、僕は自分自身とは何かを考えるようにはならなかっただろう。

『抱きしめたい』

『抱きしめたい』は僕が『宝島』編集長だった一九七五年前後に、『宝島』や『ビックリハウス』やいろいろな雑誌に書いたものだ。

第2章は、子供の頃から過ごしてきた湘南という故郷へのオマージュでもある。

この本は、僕にとって青春時代から成長するためのプロセスとして重要だった。この本には「大人」「子供」という言葉が出てくるが、年齢的なものというよりは、精神的なものを基準にしている。

また、『抱きしめたい』には、テレビについて多く書かれているが、「メディアはメッセージであり、マッサージである」（マーシャル・マクルーハンの考えだ）ことを確認している点が重要だと思う。

この本の舞台となっている一九六〇年代から現在までは、テレビからインターネット、スマートフォンへと移行するプロセスでもある。かつて、携帯電話でテレビを見られるなんて誰も思っていなかった。最終的にはインターネットとどのように自分が繋がっていったかということと、インターネットからどう距離を置いていくか自分を試していくというプロセスにもなるだろう。

テレビによって洗脳される危険性がある、と言う人がいるけれども、テレビによって自由になっていくと言う人もいる。インターネットも同様だ。どちらもインヴォルヴ（没入）していけば、両方の可能性がある。

『雲のごとくリアルに』

雲はリアルじゃないと思われているけれども、僕は雲をリアルに感じた。それが発端だった。

砂漠の雲もあるし、湘南の雲もある。「雲」は自分を知るための鍵《キー》だ。

一九七六年、『宝島』編集長の頃に『抱きしめたい』を書き、アメリカから帰ってきてから『雲のごとくリアルに［青雲編］——長い距離を旅して遠くまで行ってきたある編集者のオデッセイ』（スペースシャワーネットワーク刊）を二〇〇八年に書いた。これは「青雲編」だが、いつか続編を書きたい。

『湘南』

『湘南——最後の夢の土地』（一九八三年　冬樹社刊）。湘南は僕の最初の故郷だ。生まれ育ち、ある時期まで過ごした場所だ。その時見たものを忘れられないでいる。

「日本的なもの」

アメリカに行って、アメリカの砂漠を体験して、雲を見て、アメリカに住みたいと思っていた。日本的なものと切れてしまいたかった。アメリカでは自分が何かということを考える空間もあった。その中で考えたことを本に書き始めた。それ以降はずっとインディアンの紹介を続けてきている。

アメリカ・インディアン（先住民）という未知の世界に入っていくことは、同時に自分とは何か、「日本人」とは何か、ということの探求の始まりでもあった。

「日本人」というのはナショナリズム的な意味ではない。例えば、アメリカ・インディアンの場合は、たくさんの部族があり、それぞれが、それぞれの〈国〉として機能している。それらを含めて全部でアメリカというものを作っている。アメリカの中にもいろんな〈国〉があるというわけだ。「日本人」とは、アメリカ・インディアンの部族の一つのようにも思える。

僕は「日本的なもの」を超えたいと思っている。日本には、アイヌ文化とか沖縄文化など多様なものがあるのに、それを一つにまとめようとするから矛盾が起きている。多様なものを多様なままに認めたほうがいい。それが「日本的なもの」を超えることになる。「日本的なもの」というのは枠組みであり、牢屋みたいなものでもある。

日本列島から消えて、千島列島を越えてアメリカに入り南米まで行った人々がいるはずだ。「日本的なもの」をいずれ超えていければいいと思う。

最後に

最後に読者の方々にお伝えしたいのは、自分とは何かを知ろうと思ってほしい、ということだ。それを探すために自分という枠から出ることを忘れないでほしい。いっぺん見て体験することが重要だ。

北山耕平

（聞き書き　二〇二二年九月）

北山耕平青春エッセイ集

抱きしめたい

第Ⅰ部　『抱きしめたい』より

第1章
60年代のなかで育って
GROWING UP IN THE 60'S

ホールデン・コールフィールドと25%のビートルズ

ビートルズが日本にやってきたとき、ぼくは一六歳だった。ちょうど高校二年になったばかりで、肉体的にも精神的にも、子供でもなければ大人でもないという、考えてみればはなはだ不安定な時期にさしかかっていた。世間からは「危険な年齢」だとか「非行にはしりやすい年頃」だとかの大変に名誉ある称号をぼくたちは与えられ、また事実彼らの期待によくこたえもした。それは、たとえばつぎのような記事が、『家庭と非行少年』などというタイトルをつけられて、どの新聞の家庭欄にも、一定の周期を持ってきまって載ったことからもわかる。

「……少しでも上の階層へ――こういう競争のなかで、中流階層はどんな夢と意欲を持っているだろうか。競争と脱落と非行――中流家庭の子どもたちに課せられた、この重い命題を、われわれはどう考えてゆけばいいだろうか（註1）」

この場合、われわれとは、この記事を熱心に読むであろうところの中流家庭の父親、母親である。もちろん、ぼくたちの大部分が、御多分にもれずこの中流家庭の一員を構成しているのだから、このようなつまらない記事を載せられたりすると、やはりなにがしかの迷惑を蒙ることになるのだが、しかしそのようなことではぼくたちは納得しなかった。なにしろ次元があまりにも違うのだ。

英語の時間中に騒いだために理由《わけ》もきかれないまま激しく教師にしかられ、その場でそのしかった教師の横っつらを小気味よくはりとばしたまま、次の日から学校へやって来なくなった同級のＡは、ちょうどこの記事が新聞に載ったころ、ぼくたちの英雄となっていた。

ライ麦畑のなかでの理由なき反抗とこの退屈な日々

ぼくの通っていた高等学校は、都立の、いわゆる受験専門学校だったので、その熾烈な競争意識をむきだしにした上昇志向者の群れのなかにおいて、勉強熱心な両親を持つことは、あきらかに不幸だった。しかしその不幸は、その当時の高校生なら、ほとんどだれもがわずかにせよ共有していた程度のものだった。が、Ｂの場合は、その不幸が何重にもがっちりとかけられて、いまにも窒息しそうになっていた。彼は三人兄弟の末っ子で、長男は一流国立大学を卒業後なんとかいう有名な銀行に入社していたし、すぐ上の兄貴は、某一流私立大学にストレート（嫌な言葉だ！）で入学して、父親が買い与えた車の助手席に女の友だちを乗せては、週末になると、やれ原宿だ、六本木だ、銀座だ、そして時には横浜（註2）だと、ぼくたちがうらやましくなるぐらいに遊びまわっていた。それにひきかえ、Bは気が弱く、成績もあまりよくなかった。いつも誰かを気にしているようにオドオドして、とくに物理や数学などの時間には、終始うつむきっぱなしで、教師と顔をあわせないようにしていたほどだ。その二科目が彼にとっては大の苦手だった。このBが、二年になってすぐにおこなわれる中間試験第一日目の前日に家出をしたのだ。担任の教師からBのことを聞かされ、なにか心あたりはないかと訊かれたとき、ぼくたちは、

「これで奴も一人前になった」

などと無責任なことを言いあったりした。

一週間後、長野かどこかの彼の伯父の家に寄ったところを父親につかまり、そのいかにもサラリーマン然とした父親につれられて学校へ姿をみせたとき、国語が受けもちであるぼくたちの担任教師は、父親の手前やや語気を弱めて、このように言ったそうだ。

「君は、御両親にどれくらい心配をかけているのかわからないのか。そんなことばかりをやっていて、恥ずかしくはないのかね。いったいどのような人間になりたいんだ?」

Bはそのとき、

「ぼくは、平凡な人間になりたいのです」

とだけ答えた。

それを聞いたとたん、担任の教師はふんと鼻をならし、なにがおかしいのか微笑までうかべて、しかもさももののわかりのよさそうな調子でさとすように言ったそうだ。「そのようなことでどうする。人生はそれほど甘くはないよ。食うか、食われるか、だ。たえず誰かが君を蹴落とそうとしている。いまは、実感としてそのことがわからないかもしれないが、いつかはわかるときがくる。そのとき、ああ、あのとき、ああしておけばよかったと思っても、はじまらないし、もうおそいんだ」と。

ぼくたちは知っていた。このような考えかたがすべてのものをだめにしてしまうのだということを。ぼくたちにとって、そのような「いつか」などはけっして来てはならない日なのだ。ぼくはあなたがたのような特殊な人間にはなりたくないのだという意思表示が、とりあえず「平凡な人間になりたい」という言葉になってあらわれたにすぎなかった。平凡な人間とは、よく女性相手のインタヴューなどで「結婚の相手は？」と訊かれて答えるところの「平凡なかたであれば……」というのとは断じて異なっており、ぼくたちにはそれは、他人を蹴落としてまで社会的地位を手にいれていく、その当時はそれがあたりまえだった生き方をしているすべての人間を、ひとまずすっぱりと切りはなしたところで成立しているものだった。この担任の教師を代表とする、もうどうしようもないまでにとりかえしのつかない人たちと、たとえそれが口論であれ言い争うことは、ぼくたちにとってはまったく無駄な行為で、できるならこのような考え方を持ったあきらかに「特殊」な人たちはむしろ相手にせず、まったく関係のないところで生きていく、というのが、「平凡」というひと言に押しこめられた意味あいだったのだ。

そのような「平凡でない」大人たちがかたちづくっているこの世界が、まったくつまらなくて非人間的なところであることは、これはもう火をみるよりもあきらかなことで、ぼくたちが明るい希望に胸ふくらませて参加していくようなところではありえないということが、いろいろなかたちで知覚できた。

日本史の年表でみると、その年、一九六六年（昭和四一年）は、前年からひきついだかたちでのレジャー・ブームとか、膝うえ一〇センチのミニスカートの流行とか、「びっくりしたな、もう！」なる言葉の流行とか、NHKテレビの朝番組の『おはなはん』の平均視聴率が五〇パーセントであるとか、明治百年記念事業を国家的規模でとりおこなうのだと佐藤栄作の政府が発表したとか、アメリカの原子力潜水艦がはじめて横須賀に入港したとかの年として記録されている。メートル法が不完全なかたちで実施されたのもこの年のことだった。

レジャー・ブームとは、つまり、設備投資期に続く高度経済成長時代がいよいよ本格的に定着しはじめた結果の流行のひとつで、物品購入主義者たちに一応物品がいきわたり、新たなるおカネの使い道として「レジャー」なる目には見えない物品が登場してきたものだ。物品購入主義者は、競馬の馬とおなじように目かくしをされ、一部しか見えない経済体系のなかをしゃにむに走ってきたのだが、とりあえず身のまわりの物品がいきわたると、「人間性の回復」「自然へ帰れ」という広告コピーにたくみにのせられ、ひとつの様式《スタイル》にすぎない「自然」に、目先の解決を求めた。

その結果、一九六六年の二月には、全日空ボーイング727型機が、札幌でちょうど催されていた雪祭りを見学した帰りの観光客を満載したまま、羽田空港着陸直前に東京湾へ墜落し、一三三人という、世界航空機事故史上はじまっていらい最大の遭難事件をひきおこしたりしていた(註3)。

おもてむきは、後世の経済学者がおどろくほどさかんに物質的な成長をとげ、そのときもまだ急速に成長しつづけていた社会のなかにあって、ミニスカートと、戦後ベビー・ブームのあきれるほど当然の結果としての第一次受験戦争と、エレキ・ブーム(註4)に代表されるぼくたちの時代が、なにやらとても間違った方向へと向かって一気呵成に音をたてて突き進んでいくのを、じつにさまざまな日常的事件をとおしてぼくたちは肌で感じていたのかもしれない。

そのような日常的事件をすべて含んだうえでの大人の世界に対して、「平凡な人間」になったり、「ごく普通の人間としてあたりまえに生きる」ことを願いつつ、ぼくたちはどこか身体の奥深くで、その願いそのものを圧しつぶしてくる大人の世界をぼんやりと、しかし心の底から嫌悪していた。「平凡な人間」とは、ぼくに限っていうならば、けっしてその時代にそうなるのがあたりまえであったように、一流の大学を出て、一流企業につとめ、五年後には課長になり、家庭的な嫁さんをもらい、子供は二人、狭くてもマイホームを、といった、安っぽい〈マイ・ペース〉主義であろうはずがなく、それらの価値観をいっさい無視したうえでより人間的なものを求める人生が、ぼくにとっての、「普通」で「平凡」な「あたりまえ」の、だからこそより「人間的な」人生なのだった。

JALでやって来た陽気な四人が教えてくれたこと

そして、ちょうどそのような、ぼくたちの内部に漠然とではあるけれども確かにあった嫌悪感をどこに持っていっていいかわからず、そのやりばのない焦《いらだ》ちをとりあえず反抗・放埒《ほうらつ》というかたちで噴出していた時期に、彼らは、やってきたのだ。

一九六六年六月二九日（水曜日）だった。

前日の二八日にやってくる予定が、大型台風四号の影響で飛行機が飛ばず、アラスカのアンカレッジで約一〇時間ほどの足どめをくったけれど、この日、彼らを乗せた日本航空（JAL）412便バイカウント機は、五百人を超える機動隊員らによって守られていた暁の羽田東京国際空港C滑走路に無事着陸した。

飛行機はそのまま三一番貨物専用スポットに横づけとなり、その機体にタラップがとりつけられると、彼らが、日本航空からのプレゼントであるハッピ・コートを着て、降りてきた。ポール、ジョン、リンゴ、そしてジョージの順だった。

公演は、六月三〇日、七月一日、同二日の三日間で計五回とあらかじめスケジュールが発表されていたし、会場である日本武道館の収容人数が約一万五〇〇〇人ときめられていたので、計算してみると、都合七万五〇〇〇人が、ザ・ビートルズと、直接顔をあわせられる勘定になる。しかし、そのための入場券の申しこみが、なんと、二〇〇万通以上もあって、手に入る確率は、おそろしく低かった。もちろん、ぼくは、ぼくの仲間たちがそうしていたように、ライオン歯ミガキをしこたま買いこんでは手紙を出したものだが(註5)、とうとうその券を手にいれることはできず、かわり、といってはあまりにもさみしいが、それからしばらくはペパーミントの香りのする白い歯がぼくのものとなった。

友だちのなかには、幸運にも、まったくそれは幸運としかいいようがなかったのだが、かろうじて入場券を手に入れたものがあって、授業中にぼくはその券をながめてはため息をついたりしたのだけれど、六月二九日の早朝、彼らが羽田に降りたつころには、ぼくはすっかり腹をきめ、たった一回だけ放送されるテレビ中継録画（註6）で彼らを見ることに、しぶしぶながら決心していた。そして、これは負けおしみでもなんでもなく、ぼくにはそのほうがむしろふさわしいようにも思えた。ぼくたちは、なぜなら、テレビとともに育ってきた最初の世代（もちろん、原子爆弾世代でもそれはあるのだが）なのだからだ。なにしろ、ものごころがつくころには、テレビジョン・セットと呼ばれた、まだブラウン管の隅が丸くなっていた受像機が、ほとんどどの家にもあり、すぐ手をのばせばそのスイッチをいれられるぐらい身近にあったのだ。

現実の世界を、ぼくたち自身の身体を動かすことによって体験し、学習するのではなく、ブラウン管のうえを走る五二五本の走査線の織りなす二次元のモザイク的映像世界をとおして理解していたぼくたちは、ほとんどありとあらゆるものが瞬時にしてわかってしまい、肉体を通じてそれに反応することをやめてしまっていた。実際にやってみたうえで理解するのではなく、ただ見て知っていたのだ（註7）。

なにしろ、宇宙中継で最初に見たのが、ケネディ暗殺事件（註8）なのだ！　チャビー・チェッカー（註9）も、ジーン・ヴィンセント（註10）も、そしてあのエルヴィス・プレスリー（註11）すらも、ほとんど知らずに暮らしていたぼくたちにとって、テレビの前から離れ、身体を動かすことがほんとうは素晴らしいことなのだ、と教えてくれた人は、そのころまで、まるでなかった。体育の授業はまるで拷問であり、なにゆえあのように自然に反した動かし方を身体に要求しなくてはならないのか、といつも自問自答していた。

テレビを見ること。見て、身体を動かしたつもりとなること。そしてテレビを見ていないときには、ようやく手に入れたホンダN360をいじくりまわすこと（当時はまだ軽自動車専用の免許があった）。それから、本を読むこと。これが、ぼくの生活の、学校以外の面だった。一六歳の高校生にとって、教科書と参考書以外の本を読むことは、ちょっとしたスリルなのだけれど、これはあの時代を体験した人でなければわからないことなのかもしれない。当時のぼくは、自分で言うのもおかしいけれど、なかなか本を読むことが好きだった。読むものは、なにでもかまわずに、もうかたっぱしから読みあさっていた。創刊されて間もない『平凡パンチ』（註12）から、両親が桐の箪笥のおくにしまっておいた謝国権とかいう人の『性生活の知恵』まで。

けれど、さまざまな本のなかで、ぼくの頭に強烈な衝撃を与えたものは、すくなかった。一冊の書物が新鮮な衝撃をあたえることは、しかし、ないわけではなかった。宗教的な感動にちかいショックをぼくの脳髄に与えた天啓は、ぼくの場合、小説のなかの、自分と同年代の主人公の生き方というかたちで、ある日、突然にやってきた。その小説は、邦題を『ライ麦畑でつかまえて』という名の、全体に白っぽい表紙のついた本（註13）だった。今も手もとにある、かなり表紙のくたびれた白水社版のその奥付をみてみると、アメリカのコピーライトは一九五一年で、日本語訳は、一九六四年一二月二〇日初版発行とある。親しくつきあっていたある女の子から、高校一年のときのぼくの誕生日に、一六歳という年齢を考慮にいれたうえでプレゼントされた本なのだ。

J・D・サリンジャーというアメリカ人の書いたこの小説の主人公であるホールデン・コールフィールドは、その後、現在までのぼくに、はかりしれないほどの影響を与えた。ぼくはぼくの考える「平凡」で「あたりまえ」の人生をなんとか自分のものにしようといろいろとやっている同世代の人間をそこに発見し、驚くとともに、やはりそのような生き方は可能であったのだ、と、どことなくほっと安心したことを、まるで昨日のことのようにおぼえている。「嘘」なんてものは、いくらついたってかまわないのだ、とはっきりと言いきるホールデン・コールフィールドを、嘘つきであることを不本意にも反省しようとしていたぼくは、心底YES！　と叫んで肯定したものだ。ぼくたちの世代ほど平気でしかもうまく嘘をつける世代はないのではないかと、ぼくは思うのだが、どうだろう？

決定的なことは、さまざまにあるのだが、たとえば次のようなことをホールデンという名の一六歳の、あのころのぼくと同じ年齢《とし》の少年が、あっさりと、じつにあっさりと言ってのけるのだ。

「とにかくね、僕にはね、広いライ麦の畑やなんかがあってさ、そこで小さな子供たちが、みんなでなんかのゲームをしてるとこが目に見えるんだよ。何千っていう子供たちがいるんだ。そしてあたりには誰もいない——誰もって大人《おとな》はだよ——僕のほかにはね。で、僕はあぶない崖《がけ》のふちに立ってるんだ。僕のやる仕事はね、誰でも崖から転がり落ちそうになったら、その子をつかまえることなんだ——つまり、子供たちは走ってるときにどこを通ってるかなんて見やしないだろう。そんなときに僕は、どっからか、さっととび出して行って、その子をつかまえてやらなきゃならないんだ。一日じゅう、それだけをやればいいんだな。ライ麦畑のつかまえ役、そういったものに僕はなりたいんだよ。馬鹿げてることは知ってるよ。でも、ほんとになりたいものといったら、それしかないね。馬鹿げてることは知ってるけどさ」（註14）

　この小説を読みおえたあとは、もうなにを見ても見え方がちがっていたことを憶えている。たしか英語かなにかの授業中に読んだのだ。一時間ほどで読んでしまった。教科書にかぶせて、読んでいるうち、このような個所がでてくるたびに、ぼくはまさに目をひらかれるおもいをしたのだ。いつもとまったく同じように、女のその英語の教師は、ぼくたちに背中をみせたまま、教科書のある部分を読みながらその日本語訳を黒板に白のチョークで書きつけていたし、ぼくの周囲からは、その日本語訳（それが絶対でそれ以外の訳しようがないのだ！）をノートに書きうつす、サラサラという音が聞こえていた。なにも変化はなかった。教室はそこにあり、学校の建物もちゃんとあった。しかし、なにか、が変わってしまっていた。ぼく個人のかかわるあらゆる世界が、その、なにか、なのだ。ぼくが在ってはじめて世界があるのだから（そうだろう、このぼくにとって世界はぼくの誕生日である一九四九年（註15）一二月二日にはじまったのだ！）世界ががらりと変わったと言っても、それはいいのだ。ぼくだけが、ホールデン・コールフィールドから天啓をうけたのだから。ホールデン・コールフィールドが、ぼくを変化させた。この体験は、とても素晴らしいことだった。バートランド・ラッセル卿の幸福論の日本語訳はおかげでとうとうおぼえずじまいで、その月の月末に全校一斉におこなわれた定期試験では〝赤点〟とやらを頂戴したけれど、ぼくはそんなことはすこしも気にならなかった。何人もの友だちに、ぜひこの本を読むことを勧めたし、あやうく両親にまで読ませようとしたほどだ。読んでない人たちが、かわいそうだった。

そして、その興奮がまださめもやらないころ、ぼくは、ホールデン・コールフィールドに再び出逢ったのだ。

テレビの画面のなかで、だった。一九六六年七月一日午後九時二〇分をすこしまわっていた。そのとき、ぼくは友だちの家にいて、当時ようやくひろまりはじめたばかりのカラーテレビをくいいるように凝視《みつ》めていた。

ホールデン・コールフィールドは、濃い緑の背広のしたに、目もさめるような赤のスポーツ・シャツを着こんで、どこかなげやりに、そして、ごく自然に、ロックンロールを歌っていた。

ロック・アンド・ロール・ミュージック／シーズ・ア・ウーマン／イフ・アイ・ニーディッド・サムワン／デイ・トリッパー／ベイビーズ・イン・ブラック／アイ・フィール・ファイン／イエスタデイ／アイ・ウォナ・ビー・ユア・マン／ノーウェア・マン／ペイパーバック・ライター／アイム・ダウン。

ホールデン・コールフィールドは、四人いた。だれもが、ちょっと長めの、栗色の髪をしていた。小説では、クルー・カットのはずなのだが、ぼくにとっては、そんなことはどうでもよく、ああ、ついにホールデンは髪をのばしたのだな、というちっぽけな感慨があるくらいだった。四人のうちのひとりがそうなのではなく、だれもが、コールフィールドに見えた。

背伸びするような格好から、天井めがけて鋭く叫ぶポール・マッカートニー（註16）も、両脚をごく自然にひらいて落ちついて歌うジョン・レノン（註17）も、ステージの、向かって左側で、まるで歩きまわるようにしながら演奏するジョージ・ハリスン（註18）も、また、どこかふてくされたように、やけっぱちになってドラムスを叩きつけるリンゴ・スター（註19）も、そのだれのなかにも、そのとき、ぼくはホールデン・コールフィールドを見、あのときの天啓をはっきりともう一度たしかめることができたのだ。

テレビの狭い画面に完全にインヴォルヴされながら、ぼくがぼくのボディとマインドにうけた衝撃は、ごく短い言葉でいいあらわすことができるのではないか。

ビートルズが四人で一〇〇パーセントだとするのなら、それぞれ二五パーセントのビートルズが、ひとりのホールデン・コールフィールドだった。二五パーセントのビートルズは、テレビという最高にクールなメディアをとおして、誰もが、その気になりさえすれば、いますぐにでも、ホールデン・コールフィールドになれるのだと、全身で陽気に歌ったのだ。

トータルな体験としてこれを受けとめたぼくは、それ以後、意識して、大人たちから「変な子供だ」と思われるような言動をとりはじめた。大人たちと、無益でばからしい話をすることに、疲れてしまったのだ。ほおっておいてくれ！　なんて、言う気にもなれなかった。

ぼくがとりあえず書いておきたかったことは、これだけなのだ。それ以後ぼくがどうなったのかは、またいつか書くかもしれないし、もう二度と書かないかもしれない。ともかく、この原稿を書くために、ぼくは、本棚の隅で埃にまみれていた『ライ麦畑でつかまえて』をとり出して、ほんとうにひさしぶりに読みかえしてみたのだけれど、小説のなかでのホールデン・コールフィールドは、やはり、ぼくがはじめてこの小説を読んだときの年齢とまったく同じ一六歳（註20）のままだった。二五パーセントのビートルズは、だれもが「信用してはならない年齢」の三〇歳を超えてしまった。

ぼくは、二六歳になっている。

註――

1　読売新聞、昭和四一年六月二五日、土曜日の朝刊に掲載されていた記事。「積極的な未来像をもっていない」ぼくたちに、向上意欲を持たせるにはどうすればいいのかということが、ことこまかに書かれていて、読みかえしてみるとあまりの阿呆くささに、おかしくなる。

2　いわゆる六本木族といわれる集団は、昭和三五年ごろから。アイビー族、みゆき族――銀座みゆき通りをベースにしている――は、オリンピックの年、昭和三九年。四一年には、原宿のピットインを中心にして、俗にいう原宿族が出現した。

3　ボーイング727型機の持つ欠陥性がこの当時指摘されたが、根本的な回答が得られないままうやむやになり、現在（＊当時）もこのボーイング727型機は日本の空を飛んでいる。

4　一九六四年にビートルズの「抱きしめたい」が日本で発売され、アストロノウツ、ベンチャーズのあいつぐ来日、ベンチャーズの「急がば廻れ」が爆発的に売れるにしたがって、エレキ・ギターもまた飛ぶように売れた。どうせ売れないだろうと思われていたミニスカートも、このころから飛躍的に売れはじめた。

5　ビートルズ東京公演の入場券の発売枚数は三万枚で、入手方法は、主催の読売新聞社企画部あてに往復ハガキで申し込み、その抽選販売に応募する方法がひとつ。東芝レコードではビートルズの限られたLPを買った人二〇〇〇人に抽選でくれた。これがふたつ。日本航空では、福岡、大阪、千歳から羽田までの往復切符を購入すると無料で入場券をくれるという、馬鹿げたことをやった。これが三つ。ライオン歯ミガキでは、歯ミガキを買ってその空箱を送れば抽選によって入場券がもらえたのだ。これが四つ。四通りの入場券入手方法があった。

6　テレビ中継は当初おこなわれない予定だったが、公演が東京だけに限定されたために、特に日本では中継が許可された。同時中継ではなく、あくまでもビートルズ側が編集をすると決められていた。ビートルズが出演中はコマーシャルをかぶせることはいっさい許されなかった。RIGHT ON‼　NTV系のネットで放映されたのは、一九六六年七月一日金曜日午後九時からで、ぼくはその前の一時間を、「若者たち」を見るかそれとも「プロレス」のアジア・タッグ選手権を見るか、頭をひねったものだ。ビートルズ公演は、カラーで放送された。

7　ぼくたちが感情をめったに顔にあらわさないのは、このことが原因なのかもしれない。

8　一九六三年一一月二三日に日本でははじめての宇宙中継の映像として、テキサス州ダラス市におけるケネディ暗殺の報がテレビに飛びこんだ。一九六七年六月二五日には、ビートルズが、世界宇宙中継番組「アワ・ワールド」にイギリス代表として出演、EMIスタジオで「愛こそすべて」

を演奏した。一九六九年にはアポロ一一号による月面からの中継。一九七三年にはエルヴィス・プレスリーをこれはハワイからの衛星中継で、ぼくたちは一種感動にちかい感情を持ってみている。

9　ツイストの王様。一九六三年二月に来日。

10　ロックンローラー。一九五六年の「ビー・バップ・ア・ルーラ」でロックンロールの世界に忘れられない存在になった。一九七一年一〇月に三六歳で死んだ。本名、ヴィンセント・ユージン・クラドック。

11　ロックンローラー。

12　一九六四年五月一一日に創刊された。マガジン・フォー・メン。

13　『ライ麦畑でつかまえて』J・D・サリンジャー著、野崎孝訳「新しい世界の文学」のなかの一冊。白水社刊。現在三〇代になっている人たちにとっては、その翻訳の文体が影響を与えた。一九五二年に『危険な年齢』というタイトルでダヴィッド社から橋本福夫の翻訳で日本では出版されたが、たいした反響はなかった。

14　白水社版『ライ麦畑でつかまえて』本文二四三ページ。（＊白水uブックス二六九ページ）。

15　日の丸の自由使用がマッカーサーにより許可された年、ビヤホールが復活した年、下山事件・松川事件、統制ということがまだいろいろな分野でおこなわれていた年として記憶されるこの昭和二四年を前後して、設備投資期がはじまった。設備投資とは、つくればつくるだけ物品が人びとに買われていくのだという、いわば「決意」がいわゆる「体制側」でかってになされ、物品および物品購入主義者のために、おカネがつかわれることを意味している。のちに高度経済成長へとつながり、やがてくるであろう決定的な大不況へとそれはつながっている。
16 一九四二年六月一八日生まれ。本名はジェイムズ・ポール・マッカートニー。ベース。
17 一九四〇年一〇月九日生まれ。リズム・ギター（＊一九八〇年一二月八日没）。
18 一九四三年二月二五日生まれ。リード・ギター（＊二〇〇一年一一月二九日没）。
19 一九四〇年七月七日生まれ。本名、リチャード・スターキー。ドラムス。
20 アメリカの初版は一九五一年に世に出ているので、そのときに一六歳だったとすれば、もし実在の人物ならホールデン・コールフィールドは、今年で四〇歳になっているはずだ。

LOVE ME DO!

ぼくはこれから、ぼくの人生について、といっても、たかだかまだ二六年ぐらいのものなのだけれども、語ろうと思うのだ。しかし、ぼくだって、あのホールデン・コールフィールドとおなじように、『デーヴィッド・カパーフィールド』（＊ディケンズの長編小説）式の、いつ、どこで生まれて、両親はなにをやっていて、などというくだらない身の上話をするつもりはないし、そんなことをはじめたら、だいいち紙がいくらあってもたりないだろう。ぼくは記憶力がとてもよくて、つまらないこまごましたことまで、ものすごくたくさん頭のなかのファイルにしまってあるのだから。

しかし、そんな退屈な話は、君だってききたくはないだろうし、もちろんぼくだってしゃべりたくはない。それに、自叙伝にするほどの波乱に満ちた人生をこれまでおくってきたわけでもないしね。とにかく、ぼくは、ただ、両親にいわせると「のんべんだらりと、なんの気苦労もなしに、ひたすらぐずぐずと、図体ばかり大きく育ってきた」となる二六年間にぼくが体験したいくつかのすてきなことの話を、これからしばらくしてみようと思うのだ。これは、ぼく個人の、とっても個人的な体験だけれど、そのうちのある部分は、テレビジョンとともに幼年時代をすごしてきたぼくたちの世代のひとたちなら、すこしはある種の共感みたいなものを持って読んでもらえるのではないかな、とかってに判断したわけだ。

さて、とはじめるまえに、とても大切なお願いがある。それは、つまり、ここからなにごとかを読みとろうだとか、学習しようだとか、そのような気持ちで読んでほしくはないんだ、ぼくは。なにしろ、あれをしろ、とか、これをしろだとかいったいわゆるメッセージは、なにもふくまれてはいないのだから。それでも、これを書きはじめようとして、過去をふりかえりながらいろいろと思いを巡らしていたら、なんだかとても陽気になってきて、気分がよくなってきた。わずか一〇年ばかりとはいえ、過去をふりかえって眺めてみることは、とてもスリリングで、楽しい、奇妙な、しかもとてもセクシーな体験だから、これを機会に君もいちど後ろを振り返ってみるのはどうだろう。ぼくは、そのことによって君が、いまこれを書いているぼくとおなじようにハイな気分になってくれたら、とてもうれしいし、素敵なことだと思っている。

ぼくはまず、前述のお願いに続いてここであらかじめおことわりをしようと思う。ぼくがいま書いているような、「ぼく」あるいは「ぼくたち」といった言葉使いに生理的な嫌悪感を抱く人たちがいることはぼくも知っている。しかし、環境がそのひとの言語体系を規定するものである以上、ぼくには、「ぼく」あるいは「ぼくたち」という単語をつかわずにそれらを表現する手腕がないのだ。許してもらいたい。

なにしろ、ぼくたちの世代は、ものを書くことがあまり得意ではない。むしろ、話すことのほうが、百倍も好きなのだ。とてもたのしいしね。原因はさまざまにあるだろうが、なによりもテレビジョンのせいではないだろうかと、ぼくは、理屈ではなく本能で思っている。つまり、ぼくたちには、時代を共有できる飢餓体験だとか、《ギブ・ミー・チョコレート》体験なんてものはなく、べつにあってもそれが特殊なものだとはどうしてもおもえないのだけれど、ぼくたちをもしひとつにまとめうる原体験があるとしたら、それは、つまり環境としてのテレビジョンだったのだからね。

「暇なときはなにをしていますか？」「テレビを見ています」

ぼくたちはテレビジョンとともに育ってきた名実ともに最初の世代だろう。アメリカ軍用のウイリス・ジープのあとを追って「ギブ・ミー・チョコレート‼　ギブ・ミー・チューイーンガム‼」と叫ぶかわりに、平均するとほとんど毎日二時間ぐらいを、これまでテレビジョンのブラウン管のなかですごしてきたのだ。

ぼくの環境のなかにテレビジョンがはいってきたのは、ぼくが四歳のときだったから、ざっと計算してみると、これまで二二年間、その間に閏年《うるうどし》が六回あるから、日数にして延べ八〇三六日、毎日二時間だとしても、約一六〇〇〇時間を、この小さな箱につぎこんでいることになる。

ということはつまり、ぼくたちは、ものごころがついて読書をはじめる以前にテレビ環境にどっぷりとひたっていたのだから、ぼくたちよりも年齢がうえで、読書の習慣がついてしまった人たちとは、考え方からしてまるっきり違っていてあたりまえだし、当然なのだ。彼らは、テレビジョンと呼ばれる機械を、なにやら異質なものとしてうけとめ、それを理解できないまま、成長していった。三〇代、四〇代の人間がぼくたちを理解できないように、ぼくたちもまた彼らを理解できないでいる。彼らはなんとかぼくたちを理解しようと、しきりにモーションをかけてくるけれども、ぼくたちは彼らを知りたいとも思わないで、ただ言うのだ。「しかたがない、彼らは古いのだ」と。ぼくたちは、ぼくたちと彼らのあいだにある、どこまでいっても決してあいいれることのない決定的な違いというやつに気がついているのだけれど、彼らはおろかにもそれに気がつかないで、やがてはぼくたちも彼らの社会の一員になるであろうと、楽天的に考えている。これは、断絶などと呼ぶより、そう、戦争、世代間戦争と呼ぶべきものだとぼくは考えるのだが、どうだろう？　彼らは、ぼくたちにとっては、生まれながらの敵なのだ。「テレビばっかり見ないで、すこしは勉強しなさい」という言葉は、生まれながらに戦争を好まないぼくたちに投げつけられた戦争宣言だ。それは、テレビジョンがどれだけ重要なものであるかをまったくわきまえない大人たちの、一人よがりの一方的な発言にすぎない。なぜテレビがそんなにいいのか、とあらたまって訊かれても、返答のしようがないから、困ってしまう。なぜか？　理由は簡単だ。しかし、このような理由では大人たちは決して満足はしないだろう。しかし、これしかないのだ。つまり、気がついたら、否、気がつかないうちにテレビジョンがなくてはいられなくなっていたからです、と。

ぼくたちは、テレビっ子と呼ばれることを恥じてはならない。なぜなら、ぼくたちこそ、テレビジョンというメディアを使用して時代と空間を共有しはじめたはじめての世代だからだ。テレビジョンが、ぼくたちをつくった。学校で学んだことよりもとても多くのことを、ぼくはテレビジョンから学んで育ってきた。マーシャル・マクルーハンを引用するまでもなく、テレビジョンは、それを観る人間に、ブラウン管のなかに入ること、没入《インヴォルヴ》されることを強く欲求する。問題なのは、どちらかというと、番組の内容なのではなく、ブラウン管上に映し出される無数の点なのだ。点は正確には穴と呼ぶべきもので、ぼくたちはその穴をとおして、ブラウン管の向こう側の世界と、こちら側とを、まるで鏡の国のアリスのように自由に行き来する。

テレビジョンとぼくたちの関係を考えてみると、五〇年代に青春を迎えたひとたちにとって、トランジスタ・ラジオがかなりの力を持っていたことは、理解できるような気もする。彼らは、トランジスタ・ラジオを耳に押しつけて育ってきた世代なのだ。テレビは、あったとしても、実験段階か、まだ高価で手にはいりにくかった。ポータブル・プレイヤーと、ジューク・ボックスと、トランジスタ・ラジオが、驚くべきはやさで普及していくにつれて、彼らは、どのような状態でラジオのスイッチをターン・オン《入れる》するときが、もっとも自分にとって理想的か、がわかりはじめた。この場合、理想的とは、ラジオのスピーカーから流れだす言葉なり音楽なりのシーンにどれくらいどっぷりと全身全霊をまかせきれるか、という一点にしぼりこまれていた。第二次世界大戦とそれにつづく朝鮮戦争後の急激な経済復興期のなかで、着実に組みたてられていく競争社会を嫌悪しながら、彼らもまた、いまぼくたちが欲しているような、原始的ともよべる個人と個人とのふれあいみたいなものを、トランジスタ・ラジオのつくりだす空間にはいりこむことで、求めたのだった。たとえばそれは、車のラジオ、というかたちをとった。無限の空間をフレームによって強引に切り取り、ひとつの宇宙をつくり出したのだ。あるいは、故意にヴォリュームをいっぱいにあげることでも、それは可能だった。しかし、そのどちらのときでも、その空間にはいれるのは、自分ひとりだけのことが多く、それが彼らの唯一だが、決定的なマイナス要因だったことは否定できない。しかしとにかく、ロックンロールが、トータルなかたちでのインヴォルヴメントのさきがけになるために、カー・ラジオや、ヴォリュームをいっぱいにあげても誰の邪魔にもならないような十分に広い空間が必要だったのだ。ロックンロールは、もともと、強い参加性を持った音楽だった。トランジスタ・ラジオでロックンロールを聴きつつトータルなかたちでその音楽そのものに没入してしまったとき、ロックンロールは、背景音楽《バックグラウンド・ミュージック》から前景《フォアグラウンド》なものへと変化していた。ロックンロールがラジオのスピーカーから流れ出したとき、それを受けとめる側の反応は、これ以後はっきりと、ふたつにわかれることとなる。つまり、ヴォリュームをいっぱいにあげて聴くか、それとも消すか、のふたつだ。

トランジスタ・ラジオがトータルなインヴォルヴメントになるためには、空間や場所といった外的な条件がどうしても必要だったけれど、テレビジョンは、そのようなこととはまったく関係なく、のっけからクールなメディアとして登場したのだった。クールなメディアとはつまり、ロックンロールと同じように、参加性がきわめて強く、多分に横柄で、侵略的で、スイッチを入れておくか消しておくかのどちらかしかない、つまり、ＢＧＭとしての役割をはたし得ない、ということだ。

ぼくがはじめて自分でテレビジョンのスイッチを入れたのは、ぼくが四つになってまもない一二月の中旬だった。一九五三年のことだ。ぼくの家は変な家で、なぜかテレビを買いかえるのがきまって暮なのだ。ぼくがあまりにテレビばかりを見るので、すぐこわれてしまい、三年に一度ぐらいの割合で買いかえている。いつも一二月末になってから買いかえるのは、チャンネル権ではなく、お金を握っている両親が、ただただあの紅白歌合戦を見たいからにすぎない。あーあ。

正確な日時は忘れてしまったけれど、とにかく一二月のその日、いつものように幼稚園から帰ると、珍しく父親がいた。他にいく人か近所のひとたちがいて、大きな、とにかく四つのぼくの目には大きくうつった箱を囲むようにして、談笑していた。父親はぼくをその箱のまえに呼ぶと、箱の前面下段にずらりとならんだつまみのひとつを指さして、まわしてみろ、と言った。言われるままぼくがおそるおそるそのつまみをまわすと、指先にちょっとひっかかるような感じがし、すこし力をこめるとパチンと音がしてふっと力が抜けるようにぐるりとそのつまみは一回転した。つまみのすぐかたわらに埋めこまれていた橙色のランプに灯がはいって、しばらくすると、ブーンというハム音が流れ出し、しだいに大きくなって耳の奥が変になりかけたとき、誰かの手がぼくの背後からのびてぼくのまわしたつまみをすこしもどした。ハム音がなくなり、ビーンというかんだかい音が一瞬きこえて、人の話す声が流れはじめ、画面の中央にようやく白っぽい絵がうつり、それがひといきに画面いっぱいにひろがったかと思うと、ぐにゃぐにゃになって揺れ動いている。天気予報らしい声だけがスピーカーから流れていた。父親は困ったような顔をして、箱の前面下段についている四角い箱のなかのひらべったいつまみをかわるがわるまわしはじめた。しばらくまわしていると、揺れが静止した。ぼくはそのときなぜだかほっとしたのだ。父親もようやく機械の仕組みがのみこめたらしく、ひとつふたつうなずきながら、二番目のつまみをまわしはじめた。やがて、画面に風景がひろがり、つぎに天気図らしきものがうつし出された。

ぼくは、この日のことは、これぐらいしかおぼえていない。父親の、妙に真剣な顔でスイッチ類をいじっている姿は、なぜか、滑稽で、いまでも忘れずにおぼえているのに。

ともかく、そのテレビジョン・セットは、松下電器株式会社製作になる白黒一七インチ、ブラウン管の四隅がまだ丸く、ちゃちなスピーカーがひとつついているだけのものだったけれど、ぼくには、それだけで十分だった。こうしてぼくは、テレビ環境のなかにほうりこまれたのだ。考えてみると、ぼくの人生の出発点は、調整がうまくいっていない白黒一七インチ・テレビジョン・セットの丸まっこいブラウン管上にはじめてうつし出された波型模様を眺めた日からはじまった、といってもいいのではないか。

そして、そのことが、いま考えると、素敵な旅のはじまりだったのだ。

「あっ！　彼らの姿がうちのテレビに……」

ぼくにとってテレビジョンがとても大切なものだったことは、ここまででわかってもらえたと思う。四歳のときにテレビジョンを見はじめたぼくは、二六歳になるまでのわずか二二年間に、テレビジョンのブラウン管のなかにおける生と死をいくつも経験してしまっていた。ぼくたちの世代が、小さいときからませていたり、変にさめていたりするのは、大人たちがそれまでにたった一回の人生しか送っていないのに比して、ぼくたちは、ブラウン管のなかでとはいえ幾度も、それも毎回違った人生を送っているからに他ならない。これまでにぼくが好んで見た番組で、すくなからず現在のぼくの内面形成に影響を与えているものを、年代とは関係なく、ただ思いつくままランダムにあげていってみようか。

なによりもまず『ディズニー・アワー』。『ドビーの青春』『ルーシー・ショー』『マイティ・ハーキュリー』『ヘッケルとジャッケル』『トムとジェリー』『マイティ・マウス』『ウッド・ペッカー』『バックス・バニー』『三バカ大将』『拳銃無宿』『ララミー牧場』『日真名氏とび出す』『ギャラント・メン』『コンバット』『フェリックス・ザ・キャット』『ディック・トレーシー』『宇宙家族』『ベン・ケーシー』『ドクター・キルデア』『トッポ・ジージョ』『ちろりん村とくるみの木』『ちびっこギャング』『素敵なネルソン』『パパ大好き』『パパはなんでも知っている』『うちのママは世界一』『ひょっこりひょうたん島』『ローン・レンジャー』『怪傑ゾロ』『名犬リンティンティン』『パティ・デューク・ショー』『おしゃまなカレン』『ペチコート・ジャンクション』『夢で逢いましょう』『青年の樹』『サンデー志ん朝』『シャボン玉・ホリデー』『月光仮面』『怪傑ハリマオ』『鉄腕アトム』『ハリスの旋風』『タイム・トンネル』『ヒッチコック劇場』『スーパーマン』『鉄人28号』『わんぱくフリッパー』『プリズナー・ナンバー6』『エド・サリヴァン・ショー』『ヤング720』『じゃじゃ馬億万長者』『ブラボー火星人』『アイ・アム・ミスター・エド』『ゴー・ゴー・フラバルー』『おばけのキャスパー』『モーガン警部』『ビーバーちゃん』『バット・マン』『0011・ナポレオン・ソロ』『ハイウェイ・パトロール』『キャノンボール』『ポパイ』『わんぱくデニス』『アニーよ銃をとれ』『ケーシー・ジョーンズ』『ガン・スモーク』『プロレス中継』『お笑い三人組』『ダイヤル一一〇番』『赤胴鈴之助』『私だけが知っている』『遊星王子』『おとなの漫画』『8《エイト》マン』『兼高かおる世界の旅』『ザ・ヒットパレード』『ピンクムード・ショー』『ライフルマン』『サンセット77』『サーフサイド6』『ローリング20』『それいけスマート』『事件記者』『デン助劇場』『アンタッチャブル』『ローハイド』『スパークショー』『勝抜きエレキ合戦』『アベック歌合戦』『てなもんや三度笠』『ミッチと歌おう』『弁護士プレストン』『夜をあなたに』『踊って歌っ

て大合戦』『裏番組をぶっ飛ばせ』『おばけのQ太郎』『若者たち』『巨泉、前武ゲバゲバ90分』『ハワイアン・アイ』『ルート66』『ハワイ・ファイブ・オー』『宇宙大作戦』『カレン』。

いくらあげてもきりがないのでもうこれくらいでやめさせてもらうけれど、これだけあげれば、君が好んで見た番組の二つや三つはみつけることができるだろう。ぼくも、それを見ていた。これは、とても素晴らしいことじゃないか。それに、ぼくたちの世代に特有なことは、アメリカ製のホームドラマを実によくみていることなんだ。ぼくがランダムにあげていったなかには、『パティ・デューク・ショー』や、はじめNHKでスーパー入りで放映されのち民放（TBS）に移って再放送でふきかえとなった『アイ・ラブ・ルーシー』をはじめとして、一〇ぐらいある。なにゆえこれほど熱心にホームドラマを見ていたのだろうか？　ぼくたちの世代には、物質文明が豊かな国アメリカに対するあこがれみたいなものが確かにあったのだと思う。パティがいつも受話器を耳にあてたまま、長いコードのついた電話機を持って歩くさまは、新鮮なおどろきだったし、大きな居間、そこにある大きく長いソファー、大画面のテレビジョン、切りかえ電話、朝食に食べるオートミール、巨大な冷蔵庫と、そこからなにげなくとりだしてガラスのコップにつぐ牛乳、その牛乳びんの大きく立派なこと、クッキーをオーヴンで焼く母親の姿、へんてこな袋のついた電気掃除機、土曜日に父親から借りるステーションワゴンのキー、整髪料をほとんどつけないでも素敵にまとまる髪形、ボタンダウンのチェックの半袖シャツ、きれいな色のスニーカー、ふといベルト、歯ならびの矯正をするブレース、お風呂場にある洋式トイレ、風呂のなかで用いる泡立ち石ケン、コカ・コーラやペプシ・コーラのいかにも手なれた飲み方、スーパー・マーケットでくれる茶色い大きな紙袋、ポップ・コーンのほおばり方、ポテト・チップスをサワー・クリームにつけて食べる食べ方、これまたいくらあげていってもきりがないようなところを、ドラマの本筋とは関係なく、ぼくたちは執拗に追いつづけていた。そして、その、ホームドラマによるアメリカ中産階級体験的なものが、のちになってぼくがロック、あるいはロックンロールと触れはじめたころ、とても役に立ってくれたのだ。ことほどさように、ぼくたちのテレビの観方は、かたよっている。テレビは、視覚と聴覚をつかって楽しむものと思いこんでいた大人たちにはまるで理解されないような観方をぼくたちはしていたのだ。テレビは、全身の五感を総動員してブラウン管のなかに没入《インヴォルヴ》するための道具であり、その番組がおもしろいか、おもしろくないかは、笑えたか笑えなかったかという筋で単純に判断するのではなく、画面そのもののなかにインヴォルヴすることによって、どれだけ時間や空間を消し去ることができたか、ということではかってきた。ぼくが両親を尊敬はしているけれども信用しないのは、テレビをぼくにあたえたくせに自分ではまったくそのテレビの使い方を納得していなくて、いつもなにかをしながら、他のことに注意を向けつつ、意識して没入《インヴォルヴ》を逃げているとしか思えないからだ。料理番組や、野球中継には夢中になれるくせに、外国ドラマになるともう逃げ腰になっている。戦争ものはいけない、青少年に害を与え、非行に走らせるなどという、まったくおろかな論理によって『ギャラント・メン』をおわりにさせてしまった人たちに、ぼくは、中学生のころ、いいようのない腹だたしさをおぼえた。彼らには、テレビジョンと呼ばれる自分たちの技術が開発したまったくあたらしい環境がどのような作用をするものなのか、まるで理解されていないのだ。くやしいというよりは、なんとも悲しかった。自分とは考え方の異なる種族としてしか、その後、ぼくは彼らを見ることができない。ぼくたちの世代が、トータルなかたちで戦争と呼ばれるものに対してNO！と叫ぶのは、大人たちがつくりだすくだらない番組にはさまれてブラウン管上に流れるニュースによって、ベトナムをはじめとするいくつかの戦場を実際に体験しているからにほかならない。日常の空間がテレビジョンを媒介として非日常の空間と接続していることを本能的に知覚しているぼくたちには、ひととひととの触れあいを求めるのとはまさに正反対の戦争と呼ばれる行為がとても、猥褻なものとして目にうつる。しかしテレビジョンは、否応なしにその場面に参加させるものであるから、どのような解説がそのシーンに流されようと、それには関係なく、ぼくたちはその猥褻なものと対峙をよぎなくされ、と同時に直感みたいなかたちで、ぼくはこのようなものはなんであれいやだ、と感じるのだった。

テレビジョンはこのように、それを見るものをインヴォルヴさせることによって、一時的にせよ解放し、しかるのちに、YESならYES、NOならNOというように、まったくの個別なかたちでの反応をひきおこしてくれるのだ。くどいようだけれど、ここで問題になるのは、番組の質だとか、それがフィクションであるかノンフィクションであるか、だとかいったところにあるのでは断じてなく、スイッチを入れて《プル・オン》あるテレビジョンのブラウン管なのだ。はじめて実用化されたときから、テレビジョンはひとつのメディアとして、たえずメッセージを送りつづけてきた。そのメッセージは、ひとことで言いあらわすことができる。ひととひととを解放し、解放したあとでももういちど彼らを連帯させるものはすべて美しく、正しいということだ。それは、たとえば英語の「LOVE」という言葉の持っている語感とも、とてもよく似ている。

そうだ、テレビは「愛《ラヴ》」を送るのだ。

テレビが「愛《ラヴ》」をメッセージするものであるということをぼくたちがよりはっきりとしたかたちで認識するためには、どうしてもカラーテレビジョンの出現が必要だった。白黒テレビジョンによって、なにごとかに参加することのたのしさ、自由というものを教えこまれていたぼくたちにとって、学校での旧態依然たる授業や両親との日常会話とくらべて、テレビジョンのなかの世界のほうがどれだけ素晴らしく、リアルだったことか！　そして、カラーテレビジョンが出まわるにいたって、ぼくたちは、いつ、いかなるときでも、瞬時にしてトータルなインヴォルヴメントが可能になったのだ。

カラーテレビジョンの市販が開始されたのは、一九六〇年の七月だった。六〇年代は、このようにカラーテレビジョンの出現ひとつをとりあげても、ぼくたちの歴史には欠かせないものなのだ。

カラーテレビジョンの本放送は、この年の九月から開始されることになっていたので、各メーカーはきそってカラー受像機を売り出したのだけれど、なにしろ値段があまりにも高く、ぼくたちは電気屋のショーウィンドーに実験放送を見にいくことであきらめていた。二一インチで五二万円、一七インチで四二万円もした時代だった。日本における高度経済成長はまだはじまっていず、なにごとをもすべて駄目にしてしまう中産階級が、ようやく生まれはじめたころのことだ。しかし、とにかく、時代は変わりつつあった。

翌一九六一年は、カラーテレビジョンの大幅値下げとともにはじまった。プロレス中継と「ディズニー・アワー」でおなじみの、あの三菱電機が、一月、二一インチカラーテレビジョン受像機を五二万円から四四万円へと大幅にひきさげたのだ。しかし、これでもまだ依然として価格の高いことにかわりがなく、カラーテレビが一〇万円台になるためには、まだ五年の歳月を待たなくてはならなかった。

ともかく、ぼくの家にカラーテレビジョンがはいったのは、一九六二年の暮れだった。ぼくが、一三歳になってまもないころのことだった、と記憶している。六三年の一月一日にフジテレビではじまった『鉄腕アトム』をカラーで見ていたのだから。そういえば、この『鉄腕アトム』は四年間も続いた素敵な番組だったんだぜ。鉄腕アトムが死んだのは、四年後の一九六六年一二月三一日で、毎日新聞は、そのことを、「スーパーマン的なアトムの力もそのたくましい正義感も、現代社会が持つ非情さにはやはり無力だった」と、さもわかったようなことを書いていた。

トータルなインヴォルヴメントは、カラーテレビジョン受像機の出現によって、ぼくたちにはごく簡単にできる、それでいてよりリアルな「旅《トリップ》」のひとつになった。これまでにも、もちろん、ザ・ビートルズのものをはじめとするロックンロールや、いわゆるポップ音楽をヴォリュームをあげたトランジスタ・ラジオで聴くときなど、それにちかい感覚になれないこともなかったのだけれど、それはまだ完璧ではなかった。完璧ではないにせよ、それだけで十分に満足な人たちも、確実にいたのだ。一度この感覚を味わったひとは、世界の見え方がまったく違ってしまっていることに驚き、その驚きはつまり、自分の五感の感覚の比率がかわったことを意味していた。

チャック・ベリー、バディ・ホリー、エディ・コクラン、ジーン・ヴィンセント、ビル・ヘイリーと彼のコメッツ、そしてある種の特殊性はあるもののエルヴィス・プレスリーといったロックンローラーのサウンドによって目覚めることができた、少数の、ぼくたちよりもおよそ一〇歳年上の世代、もちろん、ここにはザ・ビートルズのジョン、ポール、ジョージ、リンゴの四人もふくまれるのだけれど、彼らもまた、感覚のバランスをとりもどさなくてはいけないのだ、ということがわかっていたのだ。だからこそぼくたちは彼らに、彼らはぼくたちに、連帯を求めたのだしね。

テレビジョンは、大人たちには、聴覚と視覚のふたつの感覚に働きかけるメディアだと考えられていたのだけれど、ぼくは、まったく個人的に、はじめてテレビを見た四歳のときから、これは、触覚をふくむ全身のすべての感覚を総動員しなくちゃならないぞ、とそんなふうに感じていたのだった。そして、そのまったくおなじような感じをぼくは、ザ・ビートルズの「抱きしめたい《アイ・ウオナ・ホールド・ユア・ハンズ》」をはじめて聴いたときに、また、感じたのだ。

彼ら四人は、テレビジョン受像機をとおしてではなく、エルヴィス・プレスリーや、チャック・ベリーなどのロックンローラーたちによって目覚めることのできた、ひとにぎりの、感覚のバランスをとりもどした、ぼくたちと連帯しうる、言いかえれば、同部族の人間としてヒット・チャートをのぼりつめた。ぼくたちが彼らから吸収したことは、ぼくがテレビジョンから学んだものとおなじように、とうていここには書きつくせないぐらいあるのだけれど、やはり一番、目をひらかれる思いをしたのは、過去の古い世代の人間を信用するな、ということかもしれない。お互い同士、声が聞こえる距離にいさえすれば、なんやかんややっているうちに、いつかはコミュニケートできるものだ、などと考えている人たちを信用するんじゃないぞ、とザ・ビートルズは教えてくれたのだ。ぼくたちは、テレビジョンというものをとおして、自分の身のまわりにいる人たちよりももっと深くコミュニケートできる人たちが世界にいることを薄々と感じていたから、そして、ノン・ヴァーバルなつながりのほうがより人間らしいのだとテレビジョンから学習していたから、ビートルズを肯定した。音楽と分野を区切ったうえで肯定したのではなく、彼らがつくりだす空間をことごとく肯定し、彼らと連帯したのだ。だから、ザ・ビートルズの音楽についてのみ語ることは、ぼくにはできない。彼らの為したことはすべて正しいのだ。ビートルズは、ひととひととのコミュニケーションがそんなに容易なものではないということを知っていたから、だからこそ、あれほど、くどいまでにくりかえして「愛」「LOVE」の必要性を説いたのだろう。ビートルズの歌うコミュニケーションとは、ひととひととのつながりのことで、過去の世代をたよることなく、ぼくたちでなにかをつくりだそうとするものだった。このまま時代が進んでいくと、あれほど嫌だった大人になってしまうぞ。そのまえに頭を切りかえろ。大人になったらすべてはおわりだ、と彼らは言っていた。

「大人になったらなにをするつもりか?」

ぼくたちは、過去の世代のひとたちとは違う種族の人間なのだということを、これまで書いてきたのだが、どうやら説明しておかなくてはいけないことがでてきたようだ。

それは、ぼくが、なんのてらいもなく書く〈大人〉という漢字の二字の持っている意味のことだけれど、そりゃあぼくだって幼稚園にかよっているいいとこからみれば立派な大人だし、かといって、両親にいわせると、まだ一人前の大人じゃなかったり、あるときは、もう大人なんだからということになったり、まったく都合のいい言葉のような使われ方をしている。ぼくが大人と書くとき、大人とは、つまり、感覚のバランスを失ってしまっている人たちをさしているわけなのだ。このような大人という言葉の指し示す意味あいの微妙な違いは、もちろんうすうすとは感じていたものだけれど、こういうことなのだよ、とはっきり教えてくれたのは、なにをかくそう、ビートルズだった。そのことがわかった日は、一日中たのしくて、うきうきしていたっけ。それは、こういうことなんだ。一九六六年の六月に、はじめて、そして四人ではこれが最後だったけれど、彼らが日本公演のためにやってきて、おきまりの記者会見が開

かれた。ある新聞記者が、

「あなたたちは大人になったらなにをするつもりか？」

と尋ねたら、ジョンとポールが、びっくりしたような顔で、一緒に、

「ぼくたちはもう大人ですよ」

と答えたという。

ぼくはこれを翌日の新聞かなにかで読んだのだ。そして、なんだか無性にうれしくなってしまった。

ね、素敵だろう、彼らはやっぱり？

そうなんだ、ビートルズは、あのとき、みんな二四、五歳だったんだから、ある人たちには、彼らは子供に見えたんだよ、きっと。だからそんな質問が出たんだとおもうけれど、しかしやはり新聞記者はうかつだった。日頃えらそうな記事を書いている文化部の記者さんは、そのとき、自分が、もはやビートルズにはついていけない種類の人間であることを、つまり、過去の古い世代の人間であることを、あからさまに暴露してしまったんだからね。

ぼくがなぜその記者会見を読んだ日に一日中うきうきしていたのかというと、ひとつには、ビートルズの四人が記者連中からの質問に対して答えるそのしぐさがもうはっきりと手にとるようにわかってしまうからなんだ。いつもふざけているような感じ

なんだけれど、記者たちの鈍い質問には、ズバッと切り返したりする。それに、ぼくがうきうきしたもうひとつの原因は、ざまあみろという、開きなおったというか、出るものを出してしまったような爽快感があったからなんだ。ぼくたちは大人ですよ、という言葉は、まさしく、それまでの旧世代に対する、ぼくたちの世代の独立宣言だったのだ。ぼくはあのころ一六歳だったから、それに金も地位もなかったから、どこかの街かどで、ぼくはあなたたちとは違う新しい種族なのですよ、などと言ったところでたいして影響はなかったかもしれないけれど、九時から五時までという区切られた時間のあいだを生活している人たちにはおそらく一生をついやしても稼ぎだせない金をわずか一、二年でつくってしまった四人が、言ってくれたのだ。一六歳というと、ぼくたちは、さまざまなかたちで、あるパターンを踏んだ大人たちになることを要求されていた時代だった。眼前には、暗い絶望が大きな口を開けて待ちかまえていて、どうにも身動きがとれないでいた。九時から五時まで働けば、ひとまずの生活は確保されることはわかっていたけれど、ぼくたちはテレビジョンをとおして解放された状態を身体で知っていたので、その代償としてなにか大切なものを失うような、そしてそのなにか、のほうがより重要なものであるような気持ちがたえずしていて、まったく、どうしようもなく退屈な毎日だった。そんなとき、ザ・ビートルズは、頭の切りかえをしろ、と言っていた。頭の切りかえ、チェンジ・ユア・ヘッドということを、具体的なかたちで教えてくれたのが、あのインタヴューだったというわけさ。どうして君は大人になるというと、すぐ自分の身のまわりの人間を想像してしまうんだい？　ぼくたちを見てごらん。ぼくたちだって大人なんだ。いつまでも子供でいたいという気持ちはわかるし、それはできないことじゃあないけれど、もし、どうしても大人になることを要求されたら、ぼくはビートルズになりたい、彼らのような大人に、と言ってやればいいんだ。それが、頭の切りかえをしろ、ということなんだよ、と、あのとき、ジョンとポールは、新聞記者にではなく、そのこちらがわにいるぼくたちへ、語りかけたのだ。

ちょうどそのころぼくは、J・D・サリンジャーの『ライ麦畑でつかまえて』を読んだばかりで、ホールデン・コールフィールドみたいになろうと自分ひとりでひそかに考えてはいたのだけれど、なにぶん小説の主人公なもので、このような生きかたが社会で通用するものかどうか、まったく不安になっていた。このあたりのことは「ホールデン・コールフィールドと25％のビートルズ」と題して書いてみたから、読んでいただいたと思う。

つまり、ぼくはそこでビートルズの日本公演をテレビジョンで見たときのことを書いたのだ。ぼくはいまでもカラーテレビジョンで彼らの演奏を見たことを、とてもラッキーだったと思っている。ほんとうだ。ぼくたちにはそれがふさわしかったのだ。

テレビで放送するのは一回だけということがあらかじめ報道されていたことも手つだって、ぼくたちはいつになくあの日、ブラウン管のなかに没入《インヴォルヴ》できた。たとえようもなく素晴らしい体験だった。時間と空間がまるっきり停止してしまったのだ。あの日とは、一九六六年七月一日。ザ・ビートルズのステージは、司会のE・H・エリックのかけ声に続いて午後九時二〇分ごろはじまった。

テレビでは、九時ちょうどから、ビートルズ日本特別公演という番組がはじまっていた。いくつかのCF、ライオン歯ミガキや、日本航空の、だったと思う、に続いて、時間にして約一五分ほど、フィルム構成で、その日ビートルズの四人が武道館の楽屋入りをするまでを追ったものが、ブラウン管上にあざやかにうつし出された。

ぼくが、なににもまして感動したのは、自動車を降りてから楽屋入口に駆けこむまでの彼らの走り方だった。走る、というよりは、踊っているようにも見えた。これは映画『ア・ハード・デイズ・ナイト（日本題、ビートルズがやって来る　ヤァ！　ヤァ！　ヤァ！）』で見た走り方と、寸分ちがわないものだった。踊るような軽いステップで、それでいてどこか恥ずかしそうに、上体をかなり前傾させて、まるでいたずらっ子が大人に追われて逃げるような、そんな走り方だった。ぼくは、ビートルズの四人が、このようにして走っているところを見るのが好きなんだ。といっても、なまで見たことはないけれどどね。

しかし、とにかく、あれは素敵な走り方だったよ。正直いって、ぼくは、あのように走れることが、うらやましいと思った。けれど、その日、テレビジョンのブラウン管のなかでぼくがそれを見たときは、映画で見たときとはすこしばかり状況がちがっていた。信じてもらえないかもしれないけれど、ああ、ぼくもあのように走ってみたい、と思ったとき、ぼくは、彼らと一緒に走っていたんだ。そのときには、なにも特別な走り方じゃあないような気分だった。なぜなら、すべてが自然だったし、それに、彼らがそこにいてくれたから。

ぼくは、テレビジョンというもののすばらしさをあらためて知らされる思いがした。なんだ、その気になれば、ぼくにだって走れるじゃないか、それがいつわらざる感想だった。ザ・ビートルズ自体が、ステージ上でつくりだすサウンドばかりでなく、日常においても、ものすごく参加性の強いグループだったので、レコードを聴いてその無限の空間を旅するのとおなじように、ぼくはテレビジョンと呼ばれるぼくたちに「愛《ラヴ》」を教えてくれたメディアをとおして、そのとき、ビートルズと友だちになれた。コミュニケートできたのだ。レコードはレコードだけで、当然、トータルな体験を共有できるものなのだけれど、ぼくとビートルズのあの日の一時間は、ぼくにとっては二重の「旅《トリップ》」の意味を持っていた。あのときはじめて、ぼくは、テレビジョンのブラウン管をつきぬけ、さらに向こうにあるたとえようもなく美しい世界に手を触れてみることができたのだから。

愛こそすべて!

ザ・ビートルズは、それから一年後の一九六七年六月二五日、今度は、テレビジョンというメディアをフルに活用して、全世界のテレビジョン・エイジへ「愛《ラヴ》」のメッセージを送っている。この日のことは、またいつか書いてみたいような気がするんだけれど、なにしろ、まいったのひとことだったね。ハッピーだったし、うれしくなるほどあのときは「平和」だったし。なにしろ、太平洋、大西洋上に射ちあげられた二個の通信衛星、シンコムとインテルサットを中継して、ロンドンはＥＭＩのスタジオから、歌ったのだ。オール・ユー・ニード・イズ・ラヴを‼

さあ、「愛こそはすべて」が流れてきたところで、そろそろぼくも話をおえなくちゃあならなくなってきた。最後に、まとめをかねてちょっとはなしておきたいことがある。一六〇〇〇時間をこれまでに小さな箱のなかですごしてきたからといって、しかしぼくが本を読まない、というわけじゃあないんだ。ぼくだって本は読む。ただ、本の読み方が、過去の世代のひとたちとは違っているだけなのだ。このことは、いつかきちんとしたかたちで話してみようと思っているんだが、まだ、ぼくの頭のなかでうまい言葉がみつからなくてね。もうすこし時間をかけて考えてみようと、そんな感じなんだ。わかってはいるんだよ、しかしどう話したらわかってもらえるかが、わからないんでね。

つまり、テレビジョンという人類のつくりだした文明の利器のひとつが、いっぺんに、何万、何千万の人たちとコミュニケートできる能力をその内部に持っているにもかかわらず、ぼくたちよりも古い世代は、その力を十分に自己教育に利用できなかった。それはなぜか。本なのだ。読書の習慣によって、ひとつの流れにのらないとものごとの筋道をたどってゆけなくなってしまっているからだ。ぼくたちは、筋は追わない。今、現在というものを、とても大切にする。ぼくは、この考え方を、テレビジョンとザ・ビートルズから学んだ。スイッチの入っている瞬間を生きなければ、それは生きていることじゃないのだよ、と。

チャンネルをまわすだけで、一瞬にして、まったく自分の知らない世界へ連れていってくれる素敵な箱は、同時に、いろいろなことがいっぺんに起きるのだという事実を見せてくれるばかりか、ぼくたちが、ものごとを順序だてて考えるようなまどろっこしさから解放してくれた。

通信衛星によってネットワークされている地球は、巨大なるテレビジョンだ。ぼくたちはあらゆるチャンネルをまわすことができる。テレビネットワークに国境がなくなりつつあるいま、ぼくたちの頭のなかには、国境など、ない。ただ、こまったことに、国境のようなものがいまだに必要だと考えている古い頭のひとたちがいる。だが心配はいらない。彼らは、急速度で滅びつつある。地球上の全人口の八〇パーセントちかくが、いまや、三〇歳以下なのだ。ぼくたちも、そのひとりひとりなのだ。断言しておく、やがて、ちかいうちに、テレビジョン・エイジ・ネーションが生まれるだろう、と。

ある日、ぼくのポータブル・ラジオからロックンロールが流れだした

ぼくの生活のなかにラジオと呼ばれる機械《マシーン》がやって来たのは、たしか、小学校の二年か三年のときだったと思う。もちろん、その当時、つまりいまから二〇年ぐらいも大昔のこと、とはいえども、昭和も三〇年になると、一家に一台のラジオはもうあたりまえになっていた。テレビも、相当な数が普及しはじめた頃だ。けれども、小学生が自分専用のラジオを持つことには、いまでこそお笑いぐさのように聞こえるだろうが、とても重要な意味がこめられていたのだ。

ちかごろでは、二台目のテレビとやらが家庭に侵入し、チャンネル争いによる親と子の断絶をゆっくりと解消しつつあるらしいが、ちょうどあのころも、一般的に言って子供たちは、自分の好きな番組が親の妨害によって聴くことができず、もやもやとしたものが胸のなかにわきあがるのをおさえきれずに、布団のなかで、それでもラジオの音だけは聴きたいらしく、遠くからきれぎれに流れてくる他の世界の音にきき耳をたてていた。

ほんとうは野球なんて好きではないのに、親が好きでよくラジオの中継を聴いているせいで、いっぱしの野球少年ぶることもできた。

この世に歌謡曲なるものが存在するというおごそかな事実を教えてくれ、歌詞の真に意味するところの男女間の機微はまだおぼろげにも理解できないながら、鼻歌まじりにそのての歌を歌う快感に酔いしれていたりもした。

小学校と家との間の、歩いて一五分ぐらいの距離を、寄り道の時間を約四〇分として、およそ一時間で行ったり来たりするだけが仕事の小学生にとって、真空管式のラジオから流れ出すあらゆる音こそが、自分と世界とをつないでいる唯一の、そして絶対的な力を持ったものだったのだ。

だからこそ、模型専門店などで売られていた組み立て式鉱石ラジオ、ゲルマニウム・ラジオを、親の世話（？）にはならず小遣銭をため、密かに購入し、ペラペラの安っぽい紙に墨で印刷された組立図をたよりに、額に汗して完成させたりもした。純粋に科学的興味からこしらえるのではなくて、ただただ世界と接触を持ちたいという欲求からそうしたのだった。

ゲルマニウム・ラジオは、御存知のように、といっても何故そうなのかはいまだにぼくにはわからないけれど、電気を必要としない。ラジオを聴く、ということは、ぼくにとっては秘め事のひとつだったから、家の電気の使用量が増えることは敵に知られやすく危険なことなので避けたかったのだ。

ちょうどポピュラー・ソングが流行《はや》りはじめたころで、雑音まじりにイヤホーンから聞こえてくるかすかな音は、はじめて親に隠れてひとりで大人の世界に首をつっこんだために興奮しているぼくの頭脳のなかを、すさまじい勢いで駆けめぐった。

なにしろ、いっぺんに一〇歳ぐらい年齢《とし》をとってしまったような気分だった。ゲルマニウムとはいえ、自分のラジオを持てた喜びはなにものにもかえがたく、わざと夜更しをして、九時、十時台の大人向けの連続ラジオ・ドラマや、DJを、息を殺して聞いていたような記憶がある。

しかし、この秘め事は、結局、長続きはしなかった。ゲルマニウム・ラジオを聴くには、たいへんな集中力を必要とするのだ。三〇分、一時間ならいいが、これが二時間、三時間となると、体力的についていけない。しかも、チューニングが、おそろしくむずかしいのだ。名うての金庫破りもかくあらんといった指先の芸術を、そのたびごとに要求してくる。生まれつき手先の器用ではなかったぼくにとって、これはよい訓練になった。ほんのわずかな音でも聴きもらすまいと、全身の感覚を指先と耳にあつめ、ゆっくりゆっくりとつまみをまわしていく作業は、あまりにも魅惑的であるがために、しかし翌日の教室での生気のなさとして表面化してしまった。

両親の執拗な攻撃に対し、学校の理科の教材であるとの一貫した論理によってこれを撃退し、あげくに、夜九時すぎは絶対に聴きませんとの証文はとられたけれども、乾電池四個を電源とする初期のトランジスタ・ラジオをぼくは手に入れたのだ。それはほぼ
アメリカのポピュラー・ソングが大量に日本に流れこんできた時期と、重なっていた。

「九千五百万人のポピュラー・リクエスト」「ユア・ヒットパレード」といったプログラムは、ほとんど毎週のように聴いたものだ。映画音楽が全盛の時代だった。子供だったので映画を観に行くことはできなかったけれど、サウンド・トラックによってイメージの世界を拡大することは、それでも十分に可能だった。

なにしろ、ゲルマニウム・ラジオにくらべると、格別に音が良いのだ。今考えると、それほど高級なラジオではなかったはずなのに、雑音に慣れきっていた耳には、驚くほど新鮮な刺激を与えてくれていた。

自分専用の本格的ラジオを手に入れ、イヤホーンの使い方をマスターすることによって、ぼくと世界との関係は、より密接なものとなってきた。より密接にはなったものの、決定的にラジオが生活のなかに入りこむことは、まだ、なかった。

中学生になると、ラジオの英会話の時間を聴きはじめた。NHKの「英語会話」と、文化放送の「百万人の英語」だ。どちらも、おもしろ半分だった。それに、実用的でもある。書店に出かけ、テキストを買って、あらかじめ指定された個所を開き、講座

がはじまる前に予習をすましたことも、一度や二度ではない。しかしいつしか、NHKの方はあまりにも朝が早いという理由で、文化放送のほうは夜が遅いという理由で、縁遠くなってしまった。

ラジオによる講座番組は、以後、高校三年になって「大学受験講座」で勉強をするときまで、聴かないでいた。

中学生になっても、ぼくのポピュラー・ミュージック狂いはなおらず、むしろ一層その症状を悪化させていた。FEN極東放送にダイヤルをあわせるようになったのも、この頃だったと思う。とにかく、明るい感じの歌が聞きたかったのだ。

そして、ぼくは、恋をした。片思いだった。ラジオから流れてくるその声を聞いたとき、身体のなかを電気が走ったような気がしたほどだ。彼女の名前は、リトル・ペギー・マーチ。「アイ・ウィル・フォロー・ヒム」というタイトルの歌が、全米でトップになり、日本でも大ヒットした。ラジオで聴く彼女の歌声は、とてもチャーミングだったし、来日した折に出演したラジオ番組で、司会のアナウンサーとのやりとりが、これまた非常にキュートだった。ぼくは惚れた弱みで、せっせとファン・レターを太平洋を越えて送り続けた。嫌いな英語も勉強をするようになり、英文レターの書き方という本を学校の図書室から借りてきて、しまいにはかなり思いきったことを書くようになった。

ある日、ぼく宛に外国の消印のある葉書が届いた。裏面はブロマイドになっていて、愛しのペギー・マーチがぼくに向かって微笑みかけ、これ以上はくずせないといった女の子らしくない字で、サインがしてあった。表面には、ぼくの住所とは別に、タイプで打たれた手紙らしき文字が並んでいる。手紙を出し続けた甲斐があったと、心の底からそう思いつつ、さっそく、英語の辞書を片手に、解読にかかった。一時間後、ぼくは失恋をしてしまっていた。

「私はあなたの恋人にはなれません。お姉さんにはなれるかもしれませんが……。もしペン・フレンドを御希望でしたら、次のひとたちを御紹介いたします」

どうやら、ぼくは、ファン・レターで、ペギー・マーチをくどいたらしいのだ。恋人になって欲しいとでも書いたのだろう。一二歳か、一四歳の春だった。

もっぱら六時、七時、八時台は、テレビを見、それを過ぎると自分の部屋に戻ってラジオのスイッチを入れ、勉強をするか、そのままラジオを聞きながら眠ってしまうといった生活が、それ以後しばらく続いた。

ラジオは、もう、ぼくの生活の一部になってしまっていた。いや、ラジオが、ではなく、そこから流れてくる音楽が、ぼくの生活の一部になってしまっていたのだ。

ロックンロールをはじめて全身で体験させてくれたのは、高校入学祝いに送られたぼくの二台目のラジオだった。一台目のラジオは、前の年の暮れあたりから、長い間の酷使に耐えられず、すこぶる調子を狂わせていた。チューニング・ダイヤルの位置が安定せず、指でおさえておかないと、すぐに不快な雑音が飛びこんできたりしていた。

二台目のラジオは、素敵な品物だった。中波と短波しか聴けなかった一台目とは違って、二台目は立派にFMをキャッチしてくれたのだ。FMはまだ実験放送のようなものを流していたので実際はあまり聴きはしなかったが。

ある日、いつものようにラジオのスイッチを入れたまま、ぼくはうとうとと布団のなかで眠りの世界にひきこまれつつあった。たしか、日曜日だったと記憶している。夜の九時半か一〇時から始まる音楽番組を、半分眠ってしまった頭脳の起きている半分で楽しんでいたときだ。まったく突然に、あの曲がかかったのだ。「抱きしめたい」ザ・ビートルズという名前を、ぼくはこのときはじめて、一瞬のうちにみごとに醒めてしまった記憶の中枢にたたきこんだ。

音楽にこれほど力があったとは！　これが正直な感想だった。身体がリズムにあわせて動きまわり、なんともいいしれない恍惚感を、ぼくは味わっていた。ラジオから流れてくる声が、あたかも自分の声のように聞こえていた。

ロックンロールとはなんであるのかといった疑問を抱く以前に、ぼくは、これがロックンロールだという実感を、理屈ではない部分でこのように体験している。

この大事件以後、音楽、とくにロックンロールは、ぼくの生活のベースになってしまった。当然、音楽を運んでくれるメディアとしてのラジオの役割が、急激に増加した。暇さえあれば、スイッチを入れ、チューニング・ダイヤルをまわし、ポピュラー・ミュージックを流している放送局を探したものだ。テレビほど強力にインヴォルヴされることを要求しないラジオは、ロックンロールを流すことによってはじめて、力を得た。ながら族をきめこむなんてことは、ロックンロールの前ではものの見事に不可能なことなのだ。ヴォリュームをいっぱいにあげるか、さもなくばＯＦＦにしてしまうかの、二者選択を、ラジオから流されるロックンロールはぼくたちに強いた。

当然だがぼくは、ヴォリュームを上げるほうだった。

こうして、ロックンロールがぼくの生活に侵透してくるにつれて、ラジオはその機能をフルに活かしはじめた。もう勉強など、まるっきり手につかなかった。ミュージシャンたちの情報と、いまアメリカでなにがヒットしているのかを知るために、毎朝の新聞のラジオ・テレビ欄を真剣に読み、それらしいプログラムを探し出すことに熱中していたのだから。

テレビではなぜかロックンロールを聴いたり見たりする機会がすくないので、もっぱらロックンロールの勉強には、ラジオが使用された。電気的に増幅された音は、ある種の世代から以後に生まれたものにとって、確実に気持ちのよいものなのだ。そしてその気持ちのよさは、新しい時代の幕開けを告げていた。

しかし、数多くのユニークなＤＪが誕生し、人気者になっていくにつれて、日本のラジオ番組のなかではおしゃべりを重視するものが増え、音楽、とくにロックを聞かせてくれるような番組が、ＦＭを除いて、減りはじめた。

だからどうだと言うのではない。聴取者に向かって語りかけ、寄せられた投書を読むことで、参加性を高めようとした試みは、一応評価できる。ラジオがおもしろくなってきたといわれる理由のひとつが、それだと思う。

が、ロックンロールが生活のベースになってしまったぼくにとって、ということはつまり、自らの未来に対してなんらかの方向性を持ってしまったぼくのこころとからだにとっては、やはりなにかひとつものたりないのだ。

ぼくは、ロックンロールを信じている。ザ・ビートルズをはじめてラジオで聴いたときの衝撃を忘れることはないだろうと確信している。そのときたぶん誰もが感じた、腰のあたりがムズムズするような快感を、生きているあらゆる瞬間に感じていたいのだから。

たまたま、最近、ラジオのＤＪを三カ月ほどする機会にめぐまれた。四五分間という短い番組だったけれど、その番組が終わったいま、正直言ってほっとしている。もともとが話上手ではなく、どちらかといえばこうして書いていることのほうが好きなのだから、なにをかいわんや、だ。ただ、ぼくは、ロックンロールと呼ばれる音楽のひとつのかたちには、いやそうではない、すべての音楽の到達点としての、そしてこれからの音楽の出発点としてのロックンロールには、これまで一般的に音楽というものに対して誰もが感じてきたものを根のところで修正させる力があるのだと確信している。なんの偏見もなく、素直なこころで聞くことによってはじめて、生活としてのロックンロールが可能になるのではないか、と思ったりしている。だからこそ、たとえ四五分間という短い時間でも、ロックンロールがそのあいだだけはいつでも聞こえているといった番組をこの三カ月間作ってきたつもりだ。ロックンロールには、文字と違って、限定性がない。あるのは、方向性だけだ。なにかに向かいつつあるのだが、誰もそれがなにであるのかわかってはいない。しかし、それを信じているのだ。ロックンロールがトータルなメッセージであるといわれるゆえんは、ここにある。

アメリカの名DJで、過日来日したウルフマン・ジャックが、いいことを言っていた。

「日本にいま一番必要なのは、二四時間ロックンロールを流しているような放送局だ」

ぼくも、まったく、そうだと思う。

すくなくとも、そうすれば、もうすこし日本は良くなるだろうと、最後に、声高く言わせてもらう。

I Believe in Rock'n' Roll.

ディズニーランドのタイトルバックを憶えているかい？

ぼくの家族がテレビを買ったのは、ぼくが四歳のときで、いま、あらためて考えてみると、そう、あのときから、ぼくのこの素敵な旅ははじまったのだった。というような書きだしで、ぼくはこれから、あのときから今日までの約二〇年間にわたる、そして、これからもとうぶんは続くであろうと思われる、ブラウン管のなかの素晴らしい旅について、過去にぼくが体験したいくつかの良い旅のはなしをまじえながら、すこし精力的に語ってみようと思うのだ。

ただし、ここで、おことわりというか、あらかじめ言っておきたいことがあって、それは、ぼくはいま二六歳なんだけれども、ぼくよりも年の若い人たちをひとからげにして話をすすめていこうとは思ってもいないし、そのつもりもないということなんだ。つまり、ぼくよりもすこし年代が若くなってしまうと、ぼくのように、ある日突然にテレビが家庭へ侵略してきたという体験にかわって、生まれたときから、ちょうど足のしたには「畳」があるのとおなじように、そこにテレビがあったひとたちが、俄然多くなる。ぼくは、そのような種類のひとたちには、理屈ではなく、もうとてもかなわないような気がしているんだ。

三〇代、四〇代のひとたちにとっては一歳ぐらいの年の差なんてものは愛がなくてもどうでもいいようなものなんだろうけれど、ぼく以後の世代のひとたちのあいだでは、その一歳の差がとても貴重なものになってきて、たとえば年が三歳も違うと、顔つきや着るものからは判断できないが、まったく別の種族、あるいは宇宙人とはなしをしているみたいな、奇妙な気分になってきたりすることが珍しくない。これは、なにも特別なことではなく、ぼくたち以後の世代におけるテレビのはたした役割を考えてみると、ごくあたりまえのことだ、ということが理解されるだろう。

ぼくたちをふくむぼくたち以後の世代にとって、テレビは学校の授業よりもはるかに役にたつ、つまり生存法、サヴァイヴァルの知識を与えてくれる教師だった。あるいは、人間の一生を短時間に体験させてくれる教育のためのシミュレーションと呼んでもさしつかえないほどのものだったのだ。そうだろう、ぼくたちは、ある統計によると、実の両親と一緒にいるときよりもはるかに多い時間を、テレビのブラウン管のなかでこれまですごしているのだから。そう、ぼくたちは、テレビをとおして、この世界を自己の内にどのように捉えていけばよいのか、つまり、R・A・ハインラインの『異星の客』に出てくる火星人、ヴァレンタイン・マイケル・スミス風にいうのなら、ものごとを認識《グロク》するための具体的な方法をあらゆる感覚を総動員して学びつつ育ってきたのだ。たとえば、これはもうとてもうれしいことなのだけれど、現在では、七歳か八歳で、これからの社会に対する自分なりの具体的な青写真を描くことのできる子供たちが、それこそいくらでもいるんだな。彼、あるいは彼女たちは、テレビを親としてテレビから栄養をとってきた、言いかえれば、自分たちが生き残るための智恵みたいなものを絶えずテレビから学んできた世代なんだよ。

ところが、ぼくの世代、一九五〇年ちょうどに生まれたひとたちはどうか、というと、テレビはあくまでも侵略者としてあった。文字どおりある日突然にテレビはぼくたちの五感を『トラ・トラ・トラ』よろしく急襲したんだ。そんなぼくたちをたとえばテレビ一世とするなら、ぼくたちよりも数年あとに生まれ育ったテレビ二世、テレビ三世たちが、日常的なものとしてごく自然なかたちで可能な、ものごとに対する認識の方法を、ぼくたちテレビ一世は、かなりの時間をかけて学びとった。そのところが、すこし違うんだけれど、それは、楽しく、素敵な時間だったような気がしている。

今になって振りかえってみると、あれは、たしかに未来の衝撃であり、当時ぼくたちのだれもが味わったような、急激に感覚の比率が変わっていくときのたとえようもなく素敵な快感は、のちにぼくがある種の薬草《ハーブ》と出逢ったときのそれとくらべてみると、とてもよく似ていることに驚いてしまう。生まれながらにテレビがあったひとたちには、テレビの持っているこの素晴らしさに対する感受性みたいなものが、すこし欠けているような気がするんだけれど、どうだろうか。

ぼくが四歳のときにほうりこまれたまま現在に至っているテレビをメディアとする情報環境は、小学生のころ——だったと思う——にスポーツの分解写真が生まれ、やがてスローモーション・ヴィデオが登場するにいたって、大きく変化の波にのみこまれてしまった。

そのころになると、ぼくたちは、ぼくたちの内部に、すでに「いろいろなことがいっぺんに起こりうるのだ」という認識方法ができていたので、どのような変化にもうろたえることなく、あっさりと新たな感覚比率をつくり出すことができるようになっていた。

スローモーション・ヴィデオは、ぼくたちの感覚が本来持っている力を、一挙に一〇倍以上に拡大し、そのうえで、まったくあたらしい現実認識の道をきりひらいた、といっても決して言いすぎではないと思う。

なにしろ、普通の人間の目ではおよそつかまえることのできない一瞬を正確に捉え、その一瞬をあるときは停止させ、あるいは、時間を拡大することによって、ぼくたちの物の見方を一変させるだけの力をそれは持っていたのだ。これもまたひとつの未来の衝撃としてぼくたちを襲ったのだった。あのとき以後、ぼくはスポーツ番組をその試合の現場にまでわざわざ出かけていって見たいような気がしなくなってしまったものだ。およそ現場では見られないようなことまでを映し出してくれるテレビと、ある瞬間を拡大してくれるスローモーション・ヴィデオがつくりだす空間のほうが、実際に試合の現場にいて、ただそれをひとりの観客として眺めているということによって成立している退屈きわまりない空間よりは、どちらかというとリアルだったのだから、まあ、しょうがないことかもしれない。

ぼくは、スローモーション・ヴィデオの映像を見たとき、もういちど、変わってしまったのだ。テレビのブラウン管のなかにこそ現実があるということ、つまり、一瞬は地球の自転とともに一瞬のうちにすぎていくのではなく、また、そのように思いこむことによって一方的にあきらめるべきものではなく、その一瞬は、なんらかのかたちで時間の流れをおそくし、あるいは一時静止させたうえで全身で味わうべきものであるということに、そのとき、気がついた。なにげなく自分のまわりをとおりすぎていく時代、その一瞬一瞬をヴィデオは明瞭に映像としてとらえ、それをぼくは自分の全身で感じることによって、時間を超えたむこうにあるなにか——それはあるいは〝永遠〟と呼んでもいいものかもしれないが——に触れることができると直感したのだ。いま、ぼくがあのとき感じたような感覚を体験するには、ある種のドラッグにたよらなくてはならないだろう。それほど目をひらかれるような体験だったんだよ。

話はかわるけれど、ぼくがテレビの環境のなかにほうりこまれ、あらゆる感覚が音をたてて変化していく感覚を体のどこかでなんとなく味わってからまもなくして、NTV系列、東京は4チャンネルで金曜日、午後八時から、あのウォルト・ディズニーの「ディズニーランド」という番組が開始された。ディズニーのつくりだす幻想的な世界、ワンダフル・ワールドは、まだ幼かったぼくたちを、いっそうテレビの虜にしてしまったものだ。ウォルト・ディズニーに関しては、言わなくてはいけないことが山ほどあって、とうていここでは書きつくせないから、またいつか書くことにしたいのだけれど、あのとき、ぼくが体のすみずみで味わった感じぐらいは、すくなくとも君なら、わかってもらえると思うんだよ。

「ディズニーランド」のはじまり、タイトルバックをおぼえているだろう？　あれは、とても素敵なはじまりだった。いかにもディズニー氏の好みといったお城が、夜空を背景にして浮かんでいるんだ。夜といっても、そうだな、そう、サーカスのいる町の夜みたいでね。よく、アメリカ製のドラマに出てくるじゃないか。メリーゴーラウンドがあって、全体が照明で浮かびあがっているような雰囲気。もうたまらないね。と、花火があがり、中天で炸裂する。赤・青・黄・無数の色の乱舞なんだ。きれいだったよ、とてもね。星が天から輝きながら降ってくるみたいでね。あざやかな、きらめくような無限の色彩が画面を覆いつくし、抜けるような青色のサーチライトの光線が上昇、下降をくり返す。これがすべて漫画なんだ。これには心のそこからまいってしまったよ。当時のぼくは、生まれてはじめて神様に生きていることを感謝したぐらいだ。ぼくの旅がどちらかというと良い方向に向かいはじめたのも、ちょどそのころからだった。ぼくたちは、ミッキー・マウスやドナルド・ダックの一挙一動にあわせて、自分たちの手を、体をしきりに動かしたものだ。画面でドナルドが、ウォーター・シューター、よく遊園地のプールにあるあれだよ、に乗ってすべりおりるときは、心臓がギュッと握られるような感じがして、一瞬、ふるえたりしてね。体がうごいてしまうんだよ。あの感覚は、素敵だったね。テレビというメディアが、参加性の強い、インヴォルヴメントを要求するメディアであるといったのは、マーシャル・マクルーハンだったけれど、そんな理論的なことなど、なにも知らない子供のぼくは、あのタイトルバックを見る、というよりは全身で感じながら、あるときはサーチライトの光となり、またあるときは光り輝く星のひとつになって、画面のなかを飛びまわっていた。ほんとうさ、ちゃんと浮遊感すらあじわえたのだからね。

ともかく、ある日突然にテレビ環境に投げこまれることによってはじまったぼくの長いながい旅は、このとき、ウォルト・ディズニーに触れることによって、ひとまず高いところまで昇りつめることができたのだが、しかしそれはまだ、ぼくのすべてを変えて、まったく別の人間にしてしまうほどの宗教的な感動ではなく、ぼくにとってある意味で天啓とも呼べるほどに強烈な衝撃は、一九六六年七月のザ・ビートルズの日本公演生中継のブラウン管上でのぼくによるぼく自身の発見まで待たねばならなかった。ディズニーランド以後、良くはなったもののそれでもまだ良い旅と悪い旅のくり返しだったぼくの旅は、その宗教的な体験を境として、良い旅へと向かいはじめた。すべてが変わりつつある。もちろん、ぼくも、この二〇年間にわたる旅は、いまようやくその中継地点を迎えようとしている。あらたなる体験がはじまりそうな予感があるのだ。ともあれ、ぼくはいま、とても良い旅のさなかにいる。

第2章
逃げだす子供たち
RUNNAWAY KIDS

抱きしめたい

稲村ヶ崎の駅を出るとすぐまた線路は単線になり、灌木の生い茂った庭先をかすめるようによたよたと進む江の電こと江の島電鉄のおんぼろ二輛連結の開け放った窓に、やがてふいに海岸線があらわれる。これまでずっと民家の軒先ばかりを走ってきて、近くにあるものにばかり焦点をあわせてきた江の電の乗客は、たいていこの海岸線が車窓いっぱいにひろがり、なんの遮るものもなく陽光が射しこむようになると、誰もが一様に目を細め、急にピントの狂ってしまったカメラのファインダーを覗きこんだような顔をする。気のせいかひとしお強くなった磯の香を肺いっぱいに吸いこむと、たとえようもなくいい気分だ。

この海岸線一帯は、七里ヶ浜と呼ばれている海水浴場で、夏の盛りの日曜日ともなると、家族連れが押しかけて、足の踏み場もないくらいに浜辺を分割統治してしまう。新聞社が好んで航空写真を撮り、「今年最高　37万人もの海水浴客!」などといったおきまりの特大ゴチック活字で見出しをつけられるあの〝湘南海岸〟の一部だ。

しかし、江の電の、うえまでいっぱいに開け放たれ、気持ちのいい初夏の風が吹きこんでくる車窓から眺める浜辺には、ほとんど人影はなかった。もう夏の気配がここかしこに感じられる六月とはいえ、学校の夏休みにはほど遠い、しかも木曜日の午後二時をすこしまわった頃なのだから、まあ、それも無理のないはなしだ。

だいいち、この江の電にしたところで、二車輛を見渡したところ、運転手と車掌を除くと五人しか乗客がいない。ぼくはこの二カ月ほど、なんの仕事もせず、ただぶらぶらと、たまってしまったSFを読んだり、友だちの経営するコーヒー・ショップを手伝ったり、サーフィン映画の切符を売ってまわったり、とにかく信じられないくらいまともじゃない生活を送っていた。今日も今日とて、友だちに前から頼まれていたジーンズ——リーバイストラウス501——を買い出しに、これから東京へ出かけていくところだ。いつもだったら、まっすぐ鎌倉へ出て、そこから横須賀線で東京へ向かうわけだけれど、とりたてて急ぐ旅ではないし、今日はひとつ藤沢駅から、子供時代に運転手になりたくてしかたなかったあこがれの湘南電車に乗ってやろうと、軽い朝食というか、早い昼食というか、ともかく今日第一回目の食事、といってもトーストとベーコン・エッグ、コーヒーというありきたりのものだけれど、それらを腹にしまいこみながら、考えたわけだ。洗いこんで、ちょうどいいくらいに色の褪せてきたブルージーンに、サーフ・ショップで見つけたユニバーシティ・カリフォルニア・バークレイと書かれた大きめのTシャツ、はきなれた運動靴。着ているものは、かようにいつもとかわらないのさ。帰りが夕方から夜になるので、寒さしのぎに厚手の木綿《コットン》の長袖は手に持っていた。

なんとはなしに目を向けると、運転席に近いシートに、中年の男がひとり、上半身を窓に向けて、腰をおろしている。ちょうど、父親ぐらいの年齢だ。海を見るのが珍しくてたまらないといった表情で、一心に眺めている。きっと、どこかのお店のマスターなのだろう。姿、格好から判断すると、銀行に振りこみにでも行くに違いない。うす汚れたビニールのジャンパー、だぶだぶのズボンの裾から、わいせつな女物のパンティを連想させる黒いナイロン製ストッキングが顔をのぞかせ、バックスキンのスリップオンを履いている。

ぼくは、思わず、その男のそばに近寄っていき、声をかけてみたいような衝動に駆られた。衝動に駆られるのは毎度のことなのだが、実行に移すことはないということがあらかじめわかっていたので、ぼくはこちら側からその男を凝視《みつ》めながら、空想にふけりはじめた。

こんにちわ！　と空想のなかでぼくに声を掛けられたその男は、ねずみのような落ち着きのない目を向けて、あ、とかなんとか口のなかで言い、ぼくの顔をのぞきこんだ。思ったとおりだ。年齢、四七、八歳。妻は一人。子供は二人。女房以外の女性とセックスをしたことはなさそうだ。髪が薄くなりかけているのを、整髪料の力でごまかそうとし、失敗していた。肌は荒れていて、疲れているらしい。子供も大きくなって、日曜日ごとに遊園地に連れていってあげる心配事もなくなった年齢の父親特有の、すべてに疲れたといった表情。思っていたよりもはるかに子供たちの教育費がかかることに対して、いつも頭を悩ませているのだ。自分が投票した立候補者が当選したときだけうれしそうに政治について語る唇。自分ではできないくせに、プロ野球をテレビで見るだけが唯一のレジャーなのだろう。銀行がお中元でくれた、レザーのようにみえる黒ビニールのちいさな手さげを、大切そうに胸元にかかえている。奥さんはきっとPTAかなにかの集会に行っているのだ。ときおり、店を預けてきた長男が、売上げをごまかしているのではないかと、ふと我に返って心配になっているのか、いっこうに視線が落ちつかない。昨夜、娘にかかってきたボーイフレンドとかいう奴のいまいましい声が記憶に残っている耳の底。娘はもう処女ではないのではないだろうか？　いまどきの女子大生は、乱れているからなあと、これは『週刊アサヒ芸能』で読んだのだ。なにかというといちいちこまかいところまで押しつけがましく自分の主張を押しとおす女房が、そのことに気がついたら、大変だぞ。せっかくここまで育ててきた娘が傷ものになってしまったなんて！　それにしても、と男は考えているようだ。こんな人生でよかったのだろうか？　盗みをしたこともなく、女を買ったこともない。息子や娘がそうだったように、音楽を心から楽しんだことすらもない。楽しみといったら、夜八時からテレビで見るプロ野球と、翌日の新聞のスポーツ欄を読むことだけ。たまに、組合の慰安会で地方の温泉へ出かけていっても、誰も女と浮気をするほどの勇気も気力もなく、ふやけて指の先をまっ白にして帰途につくのがせきのやまなのだ。マスターベーションをしすぎると背がのびなくなると教えられ、自分の背がそれほど高くないのはそのせいだと考えている。友人は、かつて第二次世界大戦の南方の戦場で弾丸をくぐり抜けてきたというただそれだけの理由でできた戦友が五人。部隊長はすでに老衰で死んだ。長男は店をつぎたくないと言い出すし、娘は娘で、大学にやってもらった恩も忘れて、男をあさっている。これ以上の悲劇があるだろうか！　しかし、変だな、さきほどから、むこうのすみで、髪の長い若い男がこちらを凝視しているぞ。目線があうのが恐いので、そちらを見ないようにしているが、なんともおかしなやつだ。この金を狙っているようにも思われないが、ま、用心にこしたことはない。

男のひとは、ちょっと、筋肉を緊張させたようだ。ぼくが心を覗いているのに気がついたのだろう。これ以上ぼくがヴァイブレーションを送りつづけたら、きっと誤解されるにちがいない。そう考えて、ぼくは、ぼくの視界の焦点を、その男のひとから、移すことにした。

うさんくさそうな目でときおりぼくのほうをうかがいはじめた四七、八の中年男を無視して、ぼくは、こんどは、海とは反対側のシートに腰をおろしている二八、九の女のひとに目を移した。ちょっとカールした髪がよく似あう、都会的な雰囲気を持った女性だった。なにかの雑誌の女性編集者といったタイプだ。はじめてこの江の電に乗ったのか、どこか興奮しているらしい。かつて、川端康成が、そして、数多くの鎌倉文士たちが愛用したという伝説のあるこの電車に乗れただけで幸せ、といった表情をしている。おそらく、東京の都心に巨大なビルを構えた大出版社の女の子向け雑誌の編集にたずさわっているにちがいない。お金がかかっていなそうに見えて、そのくせお金も心配りも十二分にいきとどいている垢抜けした服装。心なしか上気した頰は、頰紅のせいか、それとも、興奮したせいか、はっきりしない。まてよ、もしかしたら、二四、五かもしれないぞ。東京の女のひとは年齢がわからないからなあ。茶色のブーツ姿がとてもいい。仕事だろうか？「イラスト・マップ・カマクラ」なんて特集がつくられつつあるのかもしれない。それにしては変だ。メモ帳も、地図も持っていない。恋人と別れて、淋しさを忘れるために一日かけて鎌倉まで遊びにきた。これだ。これ以外にない。平日に自由な時間がとれて、これまでのつらい思い出を忘れようとしているのだ。

ぼくは、ゆっくりと彼女の心のなかにはいっていった。それは、さきほどの中年男の場合とは、はっきり違って、もっと楽しく、どことなくセクシーな、はじめて女のひととセックスをする前の期待にも似た、それは不思議な気持ちだった。

「やあ」とテレパシーで声を掛けると、その女の人は、ちょっとびっくりしたような顔をこちらに向けた。そのしぐさがまた可愛らしいんだな。思わず抱きしめたくなる、って形容がぴったりなんだよ。ぼくはうれしくなってしまった。やっぱりだ。このひとにはつきあっている男がいる。いや、いた、と言ったほうがあたっているかもしれない。まだ決定的に別れたというわけではないけれど、お互い、もうやっていけなくなってしまっているらしい。ぼくの直感はよくあたるんだよ。このひとの相手の男は、おそらく、このひとにとってはじめての男だったに違いない。ほんとうに愛しあっていたと思う。こんなに素敵なひとだから、男がほおっておくわけはないさ。きっと、大切に大切にされたんだろう。ふたりともそれが愛情だと思っていた。お互いに感情を逆なでせずに、嫌なことはいっさい表面に出さず、ただその生活が続くことを祈り続けてきたのだ。彼女は、その外見から判断すると、おそらく幼少のころから、可愛がられて育ってきた。クラスの人気者になったりしたんだ。いっぱしの悪ぶったりもした。ハイソックスはいけないと規則で決まっているのを無視して、わざとまっ白いハイソックスをはいていったり、セーラー服の裾を平均よりも若干上まわるぐらいにあげたり、勉強よりもボーイフレンドをつくることに熱をあげたり、そのくせひと一倍の負けずぎらいで勉強もする、ごくあたりまえの女の子だった。非行少女ぶってはいたが、決して非行少女ではなく、夢ばかりをたくさん胸のなかにしまって「理由なき反抗」をしてきたにすぎない。中学、高校、大学と、ボーイフレンドもたくさんできた。数は決して多いほうじゃあない。外見はフラッパーに見えても、内容は決して浮わついてはおらず、ほんとうに愛せるひとを求めていた。ロックンロールが大好きなんだ。チャック・ベリー、ファッツ・ドミノ、エルヴィス・プレスリー。エルヴィスの腰つきには、お熱をあげた。それが流行だったから。でも、まだ若すぎた。若すぎた、ということは、それだけ感覚がまだ豊かだったということだ。ロックンロールは、彼女をまっすぐにアメリカへと連れていってくれる飛行機だったのだ。中学校の英語の、『ジュニア・クラウン・イングリッシュ・リーダー』の世界、トムとスージー、ブラッキーたちの駆けまわるアメリカ的生活に、彼女はまず、恋をした。誰でもいちどはたどるように、まず、アメリカ的なるものを身のまわりに集めはじめた。洋服、ベッド、お人形さん、アクセサリー、食べもの、センスのいいレストラン、お店、彼女の頭のなかは、そういった情報がぎっしりとファイルされている。ボーイフレンドとつきあったけれど、キスはできるのに、こわくてセックスをすることはそれでもまだできなかった。自分でも、いけないことだとわかっているのに、なぜか、男と一緒に寝ることができなかったのだ。

彼女は、怒ったように顔をあげた。ごめん、ごめん、あまり深くたちいりすぎたようだ。でも、ぼくにはわかってしまうんだよ。彼女は、ほんとうに愛することがなんだか、十分すぎるほどによく知っていた。ビートルズが教えてくれたのだ。リヴァプールのスラムからやってきた四人のホールデン・コールフィールドが、チャーミングなおかっぱ頭を振りふり、彼女がまだしらなかったなにかに酔いしれるということを、肉体と頭に教えこんでくれた。四人は、「彼女と恋におちいってしまって、気分がいい《アイム・イン・ラヴ・ウィズ・ハー・エンド・アイ・フィール・ファイン》」と歌い、また「君の恋人になりたい《アイ・ウオナ・ビー・ユア・マン》」と歌い、腰をもぞもぞとさせる彼女の前で「ぼくは君と踊るだけで幸せさ《アイム・ハッピー・ジャスト・トゥ・ダンス・ウイズ・ユー》」と言ってくれた。それは、ときには、「あの娘は《ユア・ゴーイング・》君から去ろうとしている《トゥ・ルーズ・ザット・ガール》」とか「ミスタ・ロンリー」だとかいった悲しい歌もうたったけれど、そのどちらもが、愛について歌っていることに、彼女は気づいていた。たかが愛じゃないか、と自分で思おうとしたが、それがなぜこう感情を苦しくしてしまうものか、それでもまだ、彼女は知らなかった。彼女は大学を卒業すると、それまでつきあっていたボーイフレンドとの仲もうまくいかなくなり、そのかわりに、就職試験を受けて、いまの出版社にはいったのだ。負けずぎらいの性格から、彼女は入社するとすぐ、『校正の本』だとか『編集レイアウト読本』だとかを近所の書店で購入し、自分がかつてあこがれた外国の雑誌にまけないくらいの雑誌をつくってみようと考えた。仕事上、幾人かの男性ともつきあうようになり、仕事にも慣れて余裕ができてくると、恋人と呼べる存在がなんとなく欲しくなってきた。仕事をはじめて二年もすると、フレッシュ・ウーマンらしい気取りが消えて、環境が彼女を一人前の女性へとつくりかえたのだ。男のひととセックスができないのではないかという恐怖もなくなりかけたころ、ひとりの男性と知りあった、というわけだ。

ひょっとして、同棲までしているのかもしれない。そんなことはどうでもいいじゃないか。女と男が知りあえるには、時間がかかるのさ。ビートルズを愛したひとだったら、誰もがちゃんとわかっているのだ。愛しあうということが、人間をどう変化させていくかということぐらいはね。彼女はしかし、あまりにも急ぎすぎたのだった。相手の男のひとが、愛ということをわかっていないのではないかと、疑い出していた。お互いを傷つけるのがこわいために、そのことをふたりとも口に出せないでいた。ただ、優しさだけが、お互いの救いなのだろう。ふたりがいればこわいものなしさ、と言いたいのに、ふたりは寄るとさわると傷つけあう恐怖のために、けんかばかりをしていた。セックスは、もはや、なんの証明にもなり得ない、と彼女は知っていた。それ以前に、もっと大切ななにか、ビートルズがチャーミングに一生懸命に教えてくれたなにかが欠けているような気がしはじめて、彼女は今日一日、仕事をさぼり、鎌倉にやってきた。そして、この江の電に乗り、ぼくと出逢ったわけだ。

初夏の太陽光線が、人気のない車内で踊りまわっている。さっきから隅のほうで、自分と同年代の、Tシャツを着た男の子が、じっと自分のことを見つめていることに、彼女は気がついていた。しかし、あのような目でみつめられることは、そう悪い気分ではなかった。東京から離れているという事実が、彼女を一層大胆にさせた。開け放たれた窓から吹きこんでくる風が、髪の毛一本一本とたわむれ、胸いっぱいに吸いこんだ海の匂いが、彼女のからだの内部でリズミカルに躍動している。

ぼくはふと、彼女がこちらを見てにっこりと微笑んだことに気がついた。いけない！　こちらの内部を見すかされているぞ、とぼくはとっさに思った。ぼくはとても恋におちいりやすい性質《たち》だから、このままでは、彼女にまいってしまうような気がしたのだ。あわてて視線を海岸に向けると、ぼくの仲間たちが、もうウェット・スーツもつけないで、サーフボードに腹ばいになり、両腕で波をかきわけながら沖へ向かっているのが目についた。あわてて目線を移したので、彼女が気にしているのではないかと心配になり、そおっと彼女のほうをうかがってみると、なんてことだ！　彼女は持っていたちいさなショルダーバッグから「ピーナッツ」の入った袋をとり出し、そのなかから一粒か二粒をとり出すと、それをポイと口のなかに入れたのだ。そして、ぼくのほうを見て、まずいものでも見られてしまったような、バツの悪い表情で、ぺろりと舌を出し、にっこりと微笑した。

そのとき、ぼくたちを乗せた江の電は、まるで部品どうしがばらばらになって飛びちるような音をたてて、人気もなく、駅員もいない七里ヶ浜の駅に着いた。乗ってくるひとも、降りるひともなく、それでも誰もなにひとつとして文句を言わずに、再び、電車はゆっくりと動きはじめた。

彼女は、持っていた文庫本を読みはじめている。おそらく、アメリカ文学かなにかだろう。ソール・ベローかもしれない。『宙ぶらりんの男』かなにかだ。なにかにふんぎりがついたかのような彼女の横顔は、決して宙ぶらりんではなく、読むことを楽しんでいるかのように見えた。時どき、バッグからとりだして口に入れるピーナッツと、文庫本を読んでいるその姿は、いかにも江の電の車内にふさわしいような感じだった。ぼくは、それからしばらく彼女を見つづけていたけれど、彼女のことをあれこれ考えることは、もうやめてしまった。

七里ヶ浜を出ると、江の電はまた海岸から奥へはいってしまう。海辺を走っている電車だから、いつでも潮の匂いだけは漂ってくるけれど、海岸そのものは、見えないのだ。東京にその昔走っていた都電のように、片瀬の街をゴーゴーと音をたてて走っていく。急に左右のふれが大きくなり、これまで単調だったリズムが崩れた。音のわりにはスピードが出ない電車なので、事故の心配はあまりない。電車の前を、荷物を満載したトラックが走っていたりする。五〇メートルほど前方を、自転車に乗って平気でのんびり横切っていく学生もいる。

見ると、運転手のすぐ後ろのところに、半ズボンをはいてブルーのシャツを着、ゴムぞうりをはいた小学生ぐらいの男の子がいて、くいいるように前方を凝視している。誰でも、このあたりで育つ子は、あの位置に立った経験を広く共有しているのだ。そして、一時期、確実に江の電の運転手になりたいと、心底願う。ぼくも、そうだったよ。子供のころにはじめて試してみたキスの味ぐらい、それはわすれられないことなんだ。

ぼくはそんなことを考えているうちに、子供のころの記憶がよみがえってくるのを感じていた。小学校の二年か三年だったころ、ぼくははじめてひとりで、まだ一輛で走っていた江の電に乗りこんだ。誰にも内緒だった。一度でいいから、終点から終点まで行ってみたいと考えたのだ。そして、まさしく、いま、あの子が立っている位置に、ぼくもまた勝ち誇ったようにふんばって立ったわけだ。わけもなく、無性に興奮していた。ひょっとしたら、とんでもないところへ連れていかれてしまうのではないかという恐怖と、大げさに言っているのではなく世界が拡がるという実感とを、いっぺんに感じていた。家へ無事帰りついても、口もきけないくらいに高ぶっていたのさ。でも、そのことは、誰にも言わなかった。ゴムぞうりの、足の親指とふれるところに力が入って、そこだけが妙にしめったようになっていたっけ。家に帰り、夕食のテーブルに腰をおろし、青い半ズボンからあらわになった膝が、やたらとガクガク震えていたことはいまでも忘れられない。目もくらむような体験はいくつかしたけれど、あれほど魅力的なことは、そうめったにあるものではないと思うね。ガールフレンドができたときも、同じような気がするものさ。親なんて、もうてんで頭になくなってしまって、それでも家に帰るとちゃんと両親がいてNHKのニュースを見ていたりすると、なんとなく不思議な気分におそわれてしまったりね。

あの子もやがて、ぼくと同じ年齢《とし》ぐらいになると、ひょんなことからいとも簡単に恋におちいったりするのだろう。そのとき、やっと、自分が、いま、ああして運転手の後ろにすっくと立ち、なぜだかは知らぬが身体のいちばん奥深いところから湧きあがってくる不思議な感動に身震いしながら、あたかも目の前で次からつぎへと切り裂かれていく風景という名の空間を、しっかりと大きく見開いた驚きと喜びのいりまじった目で、ありありと記憶のうえに焼き付けつつあるのかを、そのことがおぼろげにではなく大いなる確信を持って理解されるに違いない。これ、この感じは、いつだったかその昔に味わったことがあるぞ、ってね。

「ねえ、キ・タ・ヤ・マ、コ・ウ・ヘ・イさん――！」

ぼくの意識の流れのなかに、突然、割りこんできた女性のものであるその声は、確かにそう言った。北山耕平とぼくの名を呼んだのだ。運転手の後ろに立っている男の子のことを考えているうちに、いつの間にか、めまぐるしく、だけれどもとてもセクシーに移りかわる風景に魅入られ、あらぬことを思い巡らせていたところだったので、やはりちょっとびっくりした。突然誰かがぼくの意識の流れに飛びこんでくることはそう珍しいことではないけれど、それはたいていぼくがなにも考えずただぼやっとしているときか、波のうえでサーフボードの上に立ちあがった瞬間ぐらいのものだったので、このように強引に割りこまれるとちょっとぎくっとする。誰でもそうなんじゃないかな。

ぼくは、あわてて周囲を見まわした。この車輛には、小柄な中年の男と、ピーナッツを食べながら文庫本を読んでいる可愛らしい女のひと、それにさっきの少年。そしてぼく。乗客は四人だ。通路から眺めると、後ろの車輛には、車掌しかいない。ということは、ぼくと同じ車輛にいるあの女の子かしらん？　ぼくはいま一度、彼女に焦点をあわせてみた。彼女はあいかわらず、ショルダーバッグからピーナッツをとり出してはそれを口に運びながら、時おりページを繰っている。こちらをちらちら見ている様子もない。いったい、どうなっているんだろう？　不思議だな、と思ったとき、

「あなたに出来ることが、わたしに出来ないわけはないでしょ」

「誰だい、君は?」

「笑っていたらわからないよ」いかにもテレビのドラマ風な会話だなあ、と考えながら訊いてみた。

「フフフフ……」

「誰でもいいじゃないの、ちょっとお話ししてみたかったのよ」

「東京に行くんで、そんな暇はないよ」

「だめ、だめ、注意をそらそうとしたりしてはだめよ。わたしの声に耳を傾けなさい。時間なんて、いくらでもあるじゃないの」

「なにも話すことなんて、ないもの」

「あなたのことよ」

「ぼくの?」

「そう、あなたのこと。あなたはひとのこころがだいぶわかるでしょう? でも、まだそれではいけないわ。思いやりが、たりないのね。だから、ずけずけと言うことができるのよ」

「君もよく言うじゃないか」

「そうね、認めるわ。あなたは、こんなことやってて、楽しい?」

「べつに、楽しいからってやってるんじゃなくて、他にすることがないからやっているんだよ。週刊誌をまだ買ってないんだ。藤沢駅で買うつもりさ。そうしたら、それを読んでるね」

「たいしたこと載ってないでしょう?」

「写真を見たり、文字を読んだりするのが好きなんだよ」

「あたしは、こういうの、好きよ。北山耕平。年齢二六歳。一九四九年一二月二日生まれ……」

まるで彼女はぼくの履歴書を読みあげるように、学校歴、人間関係、免許証の有無までを言ってのけた。なにもかもお見とおしみたいだった。ひょっとしたら、母親の知らないことまで知っているのではないかと、冷汗のでる思いだ。

「ひどいよ、あんまりだ」

ぼくは泣きそうになっていた。

「あなたの意識は、いつもオープン・チャンネルになっているから、簡単に調べはつくのよ。ちょっと、遊びすぎみたいね。でも、いいわ。そういうのって、好きよ」

「ぼくに用事があるのかい?」

「用事がなくては、コンタクトをとってはいけないの?」

ぼくは、ぐっとつかえてしまった。先程まで、かってに他人の意識を盗み見していたのは他ならない自分ではないか、と思ったのさ。

「あなたには好きなひとがいるでしょう?」

「うん」

「素直に認めたわね」

「あたりまえじゃないか。もうすっかり調べはついているんだろ?」

「あなたの好きなひとは、わたしぐらいにあなたのこと、知ってる?」

「多分ね」

「じゃあ、わたしはあなたの好きなひとなのよ。そう思いなさい」

「うん、まあ……じゃあ、そうする」

と、実にあっさりと認めるところがいかにもぼくらしいんだよね。そのように思いこんだほうがいいと判断したら、すぐそうなってしまったような気分になるのさ。それに、こんなチャンスだし、だいいち、もったいないじゃないか。

「わたしのこと、好き?」

「とっても」

「のってるわね」

「いい気分だよ、それに天気もいい」

ようやく元気に燃えはじめたばかりで、まだその熱が地上にまで伝わってこない六月の太陽の踊るような光が、江の電の開け放たれた窓から無数の粒子となって飛びこんできている。まるでスーラーの点描画を見ているような素晴らしい光景の午後だった。こんな日は、めったにあるものではない。

「この電車、素敵ね。わたし、乗るのはじめてなの」

「このあたりのひとじゃないんだね？」

「そう。でも、いまはここにいるから、ここのひとよ」

「東京にいれば東京のひと、函館にいれば函館のひと、ブルガリアならばブルガリアのひと。アルゼンチンならアルゼンチンのひと、か。ひとつぐらい、君のことを教えてくれたって良さそうなのに」

「みんな知ってるはずよ」

「なにを？」

「なにもかも、よ」

「あなたはわたしのことが好き、わたしはあなたが好き。だから、もうわかっているのよ。それをどう確信するかよ、あとは」

「どうすればいいんだい？」

「わからないわ。時間がかかるでしょ。でも、それが楽しいんじゃないの？　こうしてお話をしているのも、だから、楽しいから」

「ぼくは君のことを、ほんとうに、知ってる？」

「疑りぶかいわね。そんなに自信がないの？　もっとしっかりしなさい」

「オーケイ」

そこで、しばらく交信がとだえた。あいかわらず単調すぎるほどに耳に心地よいリズムをきざみつづけている江の電の、緑色のシートのうえで、ぼくは、なんとなく不安になって、ぼくのガールフレンドの声を記憶のなかから思い出そうとしてみた。さきほどの彼女の声に似ているようでもあり、似ていないようでもある。まあ、特長だけは、よくつかんでいたな、と考えた。

「あなたは、わたしを好きだってことに、自信がないの？」

強い語調で、声が飛びこんできた。ぼくは、ほんとうに、驚いてしまった。これほどぼくの心を読めるひとが、この世にいたなんて！

「そうなんじゃないんだ。もうじき、終点だから、その……」

「まあ、いいわ」

ぼくの声を途中でさえぎるように、その声は続けた。

「わたしを愛している？」

「君がぼくの愛しているひとであれば、イエス」

「じゃあ、なぜ、あたしがこうしてあなたと話しているかが、わかって？」

「つまり、ぼくがあんまり他のひとのこころのなかにずけずけとはいりこんでいたから、それをストップさせようとしたんだ」

「そればかりじゃないわ。他人のこころを読むにも、それなりの方法があるというこ
とを、わかってもらいたいのよ」

「一方的にもぐりこんでいくのは、まずかったかな？　傷ついたりするひともいるら
しいし」

「暇つぶしでやるようなことではないわね」

「もっとすべてをそれにつぎこむべきなのかい？」

「あたりまえでしょう。生きていくことで、一番むずかしいのは、人と人とが理解し
あうことなのよ。だれもが、理解されたい、理解したいと願っているの。あなたの大
好きなビートルズだって、自分たちのことをもっとよくわかってもらいたいから、歌
い続けているわけでしょう。でも、それには時間がいるわ。多くの人間は彼ら四人の
ことをほんとうに理解していても、だめなの。ビートルズがそれほどに好きなら、あ
なたは、こんどはあなたを理解してもらわなきゃ。より多くのひとたちにね」

「ぼくは、ロックンロールを信じている」

I Believe in Rock'n' Roll とぼくは口のなかでつぶやいた。

「わかっているわ、それから先に、あなたをみんなに理解させなくてはいけないの」

「ようやく、ぼくにもわかりかけてきたことだからなあ……」

「いろいろなかたちで、生活のなかにその核とも言えるロックンロール精神《スピリット》をもちこんでいくのよ。書くこと、おしゃべりすること、そして、あなたの生活そのものを、ロックンロールに浸してしまうの。そうしたら、わたしたち、お互いに、もっともっと愉しくやっていけるわ」

「そんなこと、わかってるさ!」

　ぼくは、いささかムッとして、語気を荒くして、言った。

「そうね、わかっていることばっかりだわ」

「こんど逢ったら、ぼくの生活がどう変わったかを、話してあげるよ」

「いつも、逢ってるのよ」

「じゃあ、見ていてくれよ、ぼくを。ぼくもできるかぎり君を見ているからさ」

「そうする。でも、あまり無茶をしないでね。身体をこわしたら、おしまいよ。誰でも、自分の両親よりも、もっと密接なコミュニケーションを持てる相手がいるわ。わたしたちがいい例よ。だから、もっともっと、理解しあいましょ。あら、電車がとまったわ。藤沢でしょ、ここ。それじゃあ、また、できたらちかいうちにあいましょ。ガールフレンドを大切にね。彼女はわたしなんですからね」

　ぷつり、と交信がとだえた。ぼくは、まるで気がぬけてしまったようになり、夢遊病者よろしく、よろよろと立ちあがった。江の電の愛くるしい扉から一歩外へでると、藤沢駅にも人影はまばらだった。ふと気がつくと、ぼくの目の前を、ショルダーバッグを肩にしたさきほどの女の子が、さっそうと歩いていく。その後ろ姿をじいっと凝視《みつ》めているうちに、ぼくは、ぼくの交信の相手は、やはり彼女ではないか、と思いはじめた。六月の風を髪いっぱいにはらませて、彼女はそんなぼくなど眼中にない様子で、国鉄（*現・JR）の連絡口のほうへ軽い足どりであるいていく。ぼくは、藤沢までの切符しか持っていなかったので、江の電の改札口へ向かった。

改札口から外へ出て、もう一度確かめようと振り返ってみたら、偶然、彼女と目があってしまったのだ。ぼくだけの思い違いかもしれないが、彼女はぼくのほうを見ると、にこりと微笑んだ。そして、なにごともなかったかのように、すたすたと歩いていってしまった。

その日、ぼくはジーンズを買う計画をその場で中止し、ガールフレンドの家へ行った。

ランナウエイ・キッズ①
ランナウエイ・キッド

これまでのぼくの二六年間の人生は、別にそうたいして波瀾に富んだものではない。多分、これを読んでいる君だって、まあ、似たりよったりの過去を持っているはずだ、とぼくは思うんだよ。

ソロモン王の宝窟を求めてアフリカ大陸の奥地深くわけ入ったことも、もちろんありはしないし、帰らざる河と呼ばれるコロラド川を筏《いかだ》でくだった経験も、あればどんなに素敵なことかもしれないのに、ああ、残念ながら、いまだに、それすらも、ない。つまり、ここでなにが言いたいのかというと、ぼくの育ち方は、たいして特殊なものではなかった、ということなんだ。

もちろん、ごくごくあたりまえの人生だからって、その気になって筆をとりさえすれば、誰にも負けないぐらい長いながい自伝の一冊ぐらいは書ける自信はあるんだよ。でも、自伝なんてものは、本箱のまんなかに飾っておくにはいいけれど、あまり読んでおもしろいってものじゃないだろう。ぼくは、意外とぼく自身のことを冷静に見ることのできるもう一人の北山耕平という男の子をぼくの内に持っているらしく、たとえば、ぼくが自伝を書いてみようか、なんて気持ちになっていると、ぼくのなかのもうひとりのぼくが、露骨に大きな口をあけてあくびをしたりするのが、恐ろしくも見えてしまうんだよ。それに、君だって、ほれ、もう、なまあくびを噛みころしているじゃないか。

べつに心配はいらない。『デーヴィッド・カパーフィールド』式の長いながい伝記を無理に君に読ませたりはしないから。もっとも、これまで約二六年間にぼくが体験したことなんてものは、やはり同じように一九五〇年前後に生まれて六〇年代に育ってきた君なら、体験してきたんじゃないだろうか？　それを、ああでございい、こうでございといくら説明したところで、きっと君は退屈しちゃうだろうと思うんだよ。そして、問題なのは、ぼくたちはいつも退屈さから逃げだしたいと思っているくせに、いざ自分のことを語ろうとおもうと、知らずしらずのうちにその罠にはまりこんでいってしまうことなんだ。退屈はいやだ。しかし、とぼくの悪い癖で考えてしまうんだよ。退屈はいやだ、と口に出して言えるうちはまだいいのかもしれない。いつの間にか、その退屈をあたりまえの日常的なものとして受けとめてしまうように、ぼくたちは慣らされてしまう。とても恐ろしいことだと思うんだよ、これは。

ぼくは、これまでも、そしてこれからも、出来るだけ自分にとって退屈じゃないことをやってやろうと思ってきたし、そうしていこうとかたく決意している。誰だってそうだろう。やっていて楽しくないことなんて、嘘だし、そんなことはだいいちからだにもよくないいんじゃないかな。

だからぼくは、これまでいかに幾多の退屈さを撃退してきたか、についてすこし書いてみたいんだ。さらに、これはまた、その退屈さをまだ幼かったぼくたちにむりやり受けいれさせようとした両親と、彼らをとりまく世間にたいする、ぼくたちの側からの「あっかんベー！」の宣言でもあるのだし。

ぼくは、いつでも、逃げてきた。親から、学校から、家庭から、そして大きくは日本国から。ほんとうのことを言って、もう逃げて逃げて逃げるしかなかったんだよ。自分をとりまくすべてのことが、もう、どうしようもなく絶望的だった。これは嘘じゃあない。なにごともぼくは大げさに話してしまう癖があるんだけれど、これはちがう。心の底から、神様にちかったっていいんだ。ぼくは、自分でなにかをしようとすると、それをさせまいとする巨大な力によって、どうしようもないところにもっていかれてしまうんだ。こういう、ぼくみたいなのを言う言葉なんだろうな、資本主義の犠牲って。だから、潰《つぶ》されかかったゴキブリよろしく、ただひたすら、いつも、逃げていた。要するに、ランナウェイ・キッズのひとりだったんだ。

君だってそうだと思うんだけれど、今だってぼくはよく両親——といっても主に母親のほうだけれどね——にとっつかまって、こんなことを言われている。

「もう子供じゃあないんだし、いったいそんなくだらないことばかりに夢中になって、それに、後から見たら男か女かもわからない髪をして、ちょっと、耕平さん、あんたね、これからなにになるつもりなの、正直に答えてちょうだい、正直にね！」

いくら正直にといわれたって、ぼくにはこの質問には答えられないんだ。そうものわかりの悪い親ではないんだよ。でも、なりたいものは無限にあって、そのときそのときのなりゆきで、一番おもしろそうで退屈しないものを選んでやっていきたいんだけれど、なんて答えようものなら、実の母親であるところの女のひとの言うことは、こちらも、百も承知、わざわざ聞かなくてもわかっているからね。

「親に世話になっているうちは、あなたも好き勝手なことができても、もうそうはいきませんからねっ‼　そんなことで、男が一生食べていけますか、って。それほど世間は甘くはないわ、ええ、いいです、もうお母さん、知りませんからねっ‼」

たいていはこの程度だね。食べていけるかどうかなんてことは、自分のまわり、もちろん親のまわりにだって、まだそれをやって食べていけるようになろうとした人物がいないんだから、わかりゃあしないよね。食べることが人生にとって大事なことであるということを認めるにはやぶさかではないぼくだけれど、それが目的の人生なら、こちらのほうからさよならしてやるつもりで覚悟はできている。しかしね、子供たちが、世間一般のひとたちと違ったことをやりたい、といい出したときの親の反応なんて、あきれるぐらいによく似ているものさ。『明星』だとか『平凡』だとかいった週刊誌によく載っているインタヴューがぼくは大好きで、ほとんど欠かさず読んでいるんだけれど、スターになった人の談話によくあるじゃないか、それを読んでみればすべてよくわかるんだ。だれもが一様にきまって言うんだよ、

「私が歌手――べつに歌手じゃなくてもいい、芸能人でもかまわない――になることに、はじめ両親は大反対でした。でも……」

この、でも、のあとがとっても大切なんだと思うんだよ。でものあとにどのような言葉がつながるのかは、あえて書かなくても、君ならわかってくれるだろう。誰の親でもそんなものさ。我子かわいさ、とかなんとか言いつつ、子供が、人生の燃焼度の強い、だからこそ端目にははでに見える職業につこうとすると、平凡になれ、平凡こそ人生の最上の道、なんて聞いたふうなことを愚かにもいって、その子の花の生涯を押しつぶしてしまうんだ。日本では、特に、その傾向が強いみたいだ。だからなんだよ、日本にロックンローラーがあまり出ないのはね。

ためしに言ってごらん。

「ぼくは、エルヴィスみたいなロックンローラーになりたいんです」

エルヴィス・プレスリーを知っていたら、その親には七〇点ぐらいはあげてもいい。こちらが真面目に言えば言うほど、ああ、いやだ、相手は、あわてふためき、泣くわめくわ、あげくの果てに、顔から血の気がさっとひき、目が据わってくることは必定。悪口雑言罵詈謗讒、自分の持てるヴォキャブラリーを総動員したあげく、それでもなお、子供が自分の信念をまげないとみると、つぎに決まってこんな光景が展開される——はずだ。

「おまえ、ねえ、あんなものはいつまでもできる職業じゃないんだよ」

「でも、いい。ぼくは、なりたい」

「もっと本気になって自分の人生を考えられないのかい？　それほど顔がいいわけでもなし、もっと堅く、お父さんみたいに生きていこうとはおもわないの」

「おもわない。ロックンロールに、顔はいらない。心とからだと魂《ソウル》さえあれば」

「もっと、お父さんの顔をちゃんと見なさいっ‼」

いつも最後は決まってこうだ。これがつらいんだよ。見なさいっていったって、よく見てきたからこそ、こうはなりたくないと言ったまでのことなのに、そこがわかってもらえないんだ。もちろん、そりゃあ家庭、これは将来ぼくが持つであろう家庭のこと、を考えたら、一定の収入がきまっていて、一〇年後にはどうなるってことが手にとるようによくわかっているほうがいいさ。でも、それとひきかえに、つまらなく退屈な仕事をしなくてはいけないのなら、ぼくは死んだほうがましさ。ひとの道にはずれているかいないかは、あくまでもぼくだけにしかわからないことなんだから、そこまでずけずけと土足ではいってこられたりすると、実の親でもぼくたちは許しはしない。もしも、もしもだよ、大人たちが、土足で、子供の世界に踏みこんでくることによってこの社会が成立しているのなら、そんな社会からはできるだけ早いうちに逃げたほうがいい。つぶれるものは、それだけでもつぶれるさ。

逃げるだけの人生だった、ってぼくはさっき言っただろ。ほんとうさ。中学校は二回かわったしね。高校は一回、大学は二回、それぞれかわった。すぐいやになっちゃうんだよ。テレビばっかり見すぎたせいで、集中力がないのかな。というより、すべてがすぐわかっちゃうんだよ。こういう言い方をすると、頭にくる人がいることはわかっているさ。でも、なにもかもが見えちゃって、つまり、つまり、わかっちゃうんだ。なにしろ、テレビによって、ぼくたちは実に多量の人生のカタログをぼくたちの頭をからだに憶えこんでいるのだから、そこから考えると、学校の授業は、こう言ってはなんだけど、あまりに一九世紀的すぎる。つまり、古い、ってことだよ。

このままこの授業をうけていると、だんだん自分の周囲に高い大きな壁がいやおうなしにつくられていくみたいで、いつか気がつくと、四方に壁があって、そのなかに外も見えないぼくがいるようなことにでもなったら、そんなふうに考えてしまうんだなあ。可能性がだんだん削りとられていくような恐怖が、たえずぼくにはあったんだよ。だから、ぼくは、逃げてる。ひとつにかたまりかけると、からだのほうが自然に動きはじめてしまうんだ。人の目からみれば、決してかっこいいことじゃあないことはわかっているんだよ。でも、しょうがないじゃないか。

ほんとうにぼくは一時期、ロックンローラーになりたかった。

そのことの話をすこししてみようか。

ロックンローラーになぜなりたかったのか、ということについては、またこんどいつか書くつもりでいるけれど、ステージのうえのロックンローラーの眺めている世界、あるいは宇宙が、おそらく、これはあくまでも直感としてなんだけれど、ぼくにとってのテレビのブラウン管のなかの世界・宇宙と、共通するものがあると確信したからに他ならないんだ。

それはたとえようもなく素晴らしいものであるような気が君にもするだろう。ぼくがロックンローラーになりたいけれどもなれないんだとあきらめてしまったのは、ついほんの三カ月ほど昔のことで、それはなにもぼくがロックンロールを歌うには年齢をとりすぎているから（チャック・ベリーをごらんよ、エルヴィスはいまいくつだと思う？　四〇歳だよ、四〇歳‼）でも、両親にこんこんと説得されたから（そのような説得に応じるようなぼくじゃああるまいしね）、でも断じてなく、理由はかなしくもぼくの肉体的欠点のうえに幸運の女神が微笑を向けてくれなかったから、つまり、ぼくは、ああ‼　音楽痴呆症、なんのことはない音痴であることを、無情にもガールフレンドによって教えられたからなのだ。

　あのときはほんとうにつらかったよ。泣きたかった。ヘッドフォーンをつけてぼくがジョン・レノンの『ロックンロール』っていうLPのサイドAを聴いていたんだ。もちろんからだを揺すり、ハミングをしながらね。サイドAがおしまいのほうになって、ボビー・フリーマンのつくった「踊りたくないかい《ドゥ・ユー・ウォント・トゥ・ダンス》」がはじまったとき――らしいんだけれど、ぼくは背中に人の目を感じた。振り返るのもめんどくさかったし、それにあのときは、ちょっとないぐらいに乗っていたしね。それで、サイドA最後の、ロックンロールの名曲、チャック・ベリーの「芳紀まさに十六歳《スウィート・リトル・シックスティーン》」までなだれこんでしまったのだ。とっても気分がよかったよ。ちょいと声をはりあげたりしてさ。

　で、圧倒的な感動をともないつつサイドAが終了し、オート・リターンでアームがもどり、ヘッドフォーンのなかに日常の雑音が遠くはいってきたとき、聞き憶えのある声がすぐ耳のそばでしたんだ。

「ねえ、ヘッドフォーンぐらい取ったら‼」

　ぼくの部屋は、南に面してはいたが、海岸まではまだだいぶ距離があり、波の寄せる音も、風のあるときをのぞいてほとんど聞こえないぐらいに静かなところにあるにもかかわらず、ぼくがヘッドフォーンをしていたことと、ドアに背中を向けて床に腰をおろしていたこととが災いして、ガールフレンドのケイがドアを開けて侵入したのがいったいいつのことであるのか、まるで、からきしわからなかったのだ。振り返ると、そこに、見慣れたケイの顔があって、心配そうな顔でぼくの顔をのぞきこんでいる。

あわててヘッドフォーンをはずしたら、コードが首にからまって、そのまま無理にひっぱったものだから、あやうくぼくは死にかけたんだが、そこでケイのおっしゃった言葉が、このぼくのロックンローラーとしての生命を絶ち切ってしまうことになった。なんていったと思う？　ケイは、小学校三年のときからピアノを習っているって言ってるほどの音楽マニアで、ときどき横浜のちいさなナイト・クラブで親にはないしょでピアノをひいたりしてお金をかせいでいるぐらいだから、ぼくがハミングしたりしていると、いつも、そこはちがう、音程がおかしい、ああだ、こうだと、やかましく騒ぎたてる。でも、ぼくは彼女に、こと音楽に関しては一目おいているんだ。東京の、なんとかいう大きなレコード会社のディレクターっていう人がケイのところへきて、歌手にならないか、ってすすめたことがあるぐらいのものさ。ケイはあっさりとことわってしまったけれど、それ以後、彼女はぼくの音楽の先生になった。で、その先生が言ったんだよ。

「耕平くんて、前から思ってたんだけど、先天的に音程が狂うのね。ハミングしてるの聞かせてもらったけど、みんなおんなじに聞こえるんだもの」

そんなわけで、ぼくのロックンローラーへの夢は、淡くも、星くずとなって鎌倉の空の彼方へ消え去ってしまったのだ。

え？　なに？　いまはなにをやっているのかだって？　教えてあげようか、今年の夏も、去年の夏も、来年の夏も、来来年の夏も、夏はいつでもビーチ・ボーイさ。家が鎌倉から江の電ていう二輌連結のおもちゃみたいな電車で五つめのところにあるからね。なぜビーチ・ボーイになっているのか、っていう話には、うれしくも悲しい思い出がいっぱいあってね。いつか機会があったら話してあげるよ。海岸でもしぼくと逢ったら、声ぐらいかけてください。コーヒーぐらいおごってあげるから。

ランナウェイ・キッズ②

エンドレス・サマー

その日は朝から妙におかしな天気で、いかにも秋のはじめらしく、どこまでも抜けるように晴れあがったかと思うと、まだ夏が去りがたいらしく、急に南のなま暖かい風に乗って白い大きな雲がでてきて、じっとしていると汗が身体じゅうの汗線から音をたてて湧き出してきそうになったり、またすぐどこまでも青い、突き抜けるような青さを持った空が顔をのぞかせたりしていた。

ぼくはその日も、いつもの日課どおりに、といっても、あまり誉められたものではないんだけれど、朝の九時一五分頃に目を覚ましたんだ。ベッドのわきに置いてある目覚まし時計は、いつも八時半に鳴り響くようにセットされてあるのだが、どういうわけか今日も、またベルが止められてあった。いつもそうなんだよ。夢のなかですらベルの鳴る音は聞こえないくせに、きちんきちんとぼくはベルが鳴りはじめると、スイッチを切っているらしいんだ。誰か他のひとが止めてくれたものと、はじめは信じていたんだけれど、妹に訊いても、知らないといわれたし、両親はぼくのことをあきらめてしまっているしね。どうやらぼくは無意識にベルを止めているらしいのさ。それでも毎晩寝る前に、明日こそは八時半に起きようと固く心に誓いながらねじを巻くんだからね、ぼくは。昨日《きのう》の夜もそうだったんだよ。仲間といっしょに、稲村ヶ崎で、日が暮れるまで波に乗って遊んでいたから、かなりくたくたに疲れてはいたさ。でもその疲れは、いつもそうなんだけれど、なんていうのかな、かなり心地よい疲れでね、めったに翌日の朝までは持ちこさないものだし、それに昨日はやることなすことがすべてうまくいったりして、なんと、四〇―五〇メートルぐらいも乗れたんだよ、波に。で、このからだの感覚を忘れないためにも、朝、まだ波が一〇〇から一五〇メートルぐらいの長さがあるときに、いま一度挑戦しようと思って、目覚まし時計のねじを巻いて寝たはずなんだな。ところがどうだろう、目を覚ましたらもう九時を廻っていたんだ。それも、ちゃんと目覚ましのベルが止まっていてね。ぼくは、まだぼんやりしている頭の片隅で考えたよ。おそらくぼくは、予定をたてて、何月何日何時何分になになにをする、なんてことを決めても、おそらく、いや、絶対に、守れない人間なんだろうなあって。陽も、すでに高く昇ってしまっていて、部屋のなかには、夏の残りというか、耐えがたいほどの熱気が満ちていて、ちょっとでも動こうものなら大変でさ。南に面したところに部屋があるのはいいんだけれど、毎朝毎朝の焦熱地獄には、ほんとうに泣かされてしまうよ。動作はすべておっとりと、できるかぎりそおっとしなくてはいけないんだ。窓は開いているのに、ぴたりと止んでしまった風は、無情にも大地の声を聞かせてくれないし。ぼくは、なにが嫌いって、音のない世界が一番嫌いなのさ。しょうがないので、そろそろと手を伸ばし、遅く起きたときは日課になっているテレビ番組「セサミ・ストリート」を観ようと、スイッチを入れたんだ。スイッチ・ポンで映像が飛び出してくるスイッチがはいっていなかったので、映るまでにまだいいかげん時間がかかるんだよ。だから、なにか冷たいものでも飲もうと思って、階段を降りて台所へ行ったのさ。そうしたらどうしたというのだろう？　家のなかには誰ひとり、猫の子一匹いないのさ。ぼくに嫌気がさして、全員家出したのかなと一瞬考えたけれど、冷蔵庫のなかからよく冷えたオレンジ・ジュースを取り出して、味わうなんてことを念頭におかずにただひたすら喉に流しこんでいるうちに、変だな、と感じたのさ。そうだろう？　どうせ家出をするなら、ぼくが出ていったほうが、理屈にあっているじゃない。ぼくはもう家出の常習犯で、なにかというとすぐ荷物をまとめて電車に乗ってしまうのさ。別に行くあてがあるわけじゃなく、友達の家に行ったり、東京で映画を観たりするだけなんだけどね。だけど、子供もこの年齢《とし》になると、親にはあきらめられてしまうんだよ。もうなんでもお好きなことをなさったら、なんて変に甘ったるい声で母上に言われたときは、ぼくはぼくの人生を悔やんだね。実の親の言うことにしては、ちょっとさばけすぎてるんじゃないかしらって、そんなことを考えたのさ。話がへんなほうへそれてしまったけれど、そうこうしているうちに、ぼくは、台所のテーブルのうえに、サンドイッチののった皿と、一枚のメモがあることに気がついたんだ。いかにも戦時中に字を習ったひとらしい字で、そこには、こう書かれてあった。

「朝食はつくっておきました。お父さんと、伊豆のほうへ旅行にいきます。優子——ぼくの妹さ——は、東京のお友達の家に泊まりに行きました。あとはよろしく。母」

伊豆のほうへとは、なんという言葉だろう！　子供に愛情を感じないのか！　このだだっぴろい家に一人残された息子は、いったいどのような運命にあるのか、なんてことを一応は考えながらも、いくぶん、ほっとしていたことは否定できないね。どうせ今日は丸一日、仕事らしい仕事もないし、一〇日ほど前に入ったお金が、まだいくらかは残っているし、いざとなれば、ぼくを食わしてくれるところぐらいあるんだよ。不釣合に大きなグラスに、もう一度冷蔵庫からとりだしたオレンジ・ジュースをなみなみとついで、ぼくが自分の部屋に戻ろうとして電話のわきに置いてあるメモになにげなく目を落としたら、そこに、こんなことが書かれていた。

「八時一〇分、登さんよりＴＥＬ。今夜の映画会の件。またあとでＴＥＬするとのこと。八時四五分。ケイさんよりＴＥＬ。貸した本を返してくれとのこと。今日は旅行に行ってしまうので、帰ってきたらまたＴＥＬするとのこと」

ケイのことは、前にもちょっと書いたので、ここでは触れないけれど、ま、ぼくのガールフレンドなのさ。登さんというのはね、七里ヶ浜でサーフ・ショップというか、サーフ・ショップとコーヒー・ハウスを合わせたみたいなお店を、奥さんらしいひとふたりでやっているひとさ。お店？　お店はね、「ストーンズヴィル」っていうのさ。どうやら複雑な意味があるんだよ、そこには。つまり、あの世界を知った人間たちの村ということ。あの世界とは、とてもはずかしくて、ぜんぜんひとことでは言えないんだけれど、サーフィンをやったことのあるひとや、カンナビス・サーティヴァと呼ばれる薬草を体験したことのあるひと、ロックンロールが好きなひとたちなら、理屈ぬきでわかってもらえるんじゃないかしら、と登さんの奥さんらしきひとであるところのさとこさんが教えてくれたっけ。ぼくも、すべてわかっているわけではないんだけれど、この説明でなんとなくわかったつもりになっているのさ。ほんとうは、ぼくなら、もうひとこと、こうつけくわえたいところなんだけれどね。「テレビが好きでテレビとともに育ってきたひとたち」って。その「ストーンズヴィル」の登さんからの電話っていうのは、今夜、藤沢の、藤沢市民会館大ホールというところで催されるサーフィン映画会の打ちあわせなんだ。一緒に行こう、ってことさ。ぼくはね、お金がなくなると、登さんのお店でアルバイトをしたりしているんだよ。ぼくと登さんとの関係は、もうかれこれ一〇年来のものなんだ。波乗りを教えてくれたのも、八つ年齢《とし》うえの彼さ。いいひとだよ。君も逢ったらきっと好きになるだろうな。いまでもダットサン・フェアレディの、まっ赤なオープンカーを愛用していてさ、その車が、年期がはいっているものだから、まるで機銃掃射みたいな、といったってぼくはまだ二六歳だから、戦争体験はベトナム戦争しかないんだけれど、周りのひとたちの会話を聞いているとおそらくそんなもんじゃなかろうか、というぐらいものすごい爆音というか、排気音を出して、時々湘南遊歩道を走っているよ。いやでも目につくだろうね。ぼくが運転していることもあるから、よく気をつけてくれよ。髪の長いほうがぼくさ。

ストーンズヴィルに電話をしたら、暇なら手伝いに来ないか、なんて言われて、なんとなく「うん」と返事をして、今夜の打ちあわせをすませ、受話器を置いた。今日はケイも海岸にはいないし、ほかにとりあえずすることもないので、ぼくはストーンズヴィルに行くことにした。

部屋に戻り、着なれてそこらじゅうに穴のあいたジーンズをはき、だぶだぶのTシャツをひっかぶり、ひと夏の間酷使した麦わら帽子を摑むと、そのなかに袋につめて持ってきたサンドイッチをいれ、ぼくはぼくの部屋の窓にかけてある梯子を伝って下へおりた。この梯子はね、夜おそく帰ってきたときに、家のひとを起こしちゃわるいだろう、だからこうして梯子をわたしてそこからはいれるようにしてあるのさ。昨日もこの梯子から、さながら泥棒のように我家にしのび込んだので、梯子のしたには無造作にぬぎすてられ、裏側を見せたビーチサンダルがころがっていた。サンダルに足をつっこむと、ぼくは梯子を降りるときにTシャツについた汚れを手ではたきながらガレージに行った。といっても、車を出しにじゃないさ。ガレージのなかに、ぼくのサーフ・ボードが置いてあるのさ。昨日は夜おそくまでかかって、古いワックスを全部落としておいたので、これをストーンズヴィルまで持っていって、どうせ仕事もあまりないだろうから、新しいワックスを登さんにわけてもらい、塗ってやろうと思っていたんだよ。

それがこの奇妙な天気だろ。ちょっと動いただけでTシャツのしたには汗が浮いているんだよ。なんとなく変な気持ち、というよりはいつかもどこかで味わったような不思議な気分でさ、それがどうしてもわからないんだ。サーフ・ボードと、サンドイッチのはいった麦わら帽子を小脇にかかえて、ビーチサンダルをペタペタいわせながら、コンクリートの道をしばらくおりていくあいだじゅう、この不思議な感じがぼくをつかまえていた。しばらくいき、といっても三分ぐらいなんだけれども、道がT字形にぶつかっているところで、右に折れた瞬間、ぼくは持っていたサーフ・ボードをあやうく落としそうになるぐらいおどろいて、アッ！　と声を出してしまったんだ。

そこからは海岸がよく見えるのさ。

風景がいつもとちがっていた。海の色がまったく変わってしまっていたんだよ。茶色っぽい青色だったものが、茶色がなくなり、青が濃くなり、まるで深い暗緑色をしているんだ。朝から天気がおかしかったのは、このせいだったのか、と、ぼくはなんだか、そのとき、とてもおかしな気持ちになって、ひとりで笑い出してしまった。ぼくは毎年この瞬間を体験しているので、よくわかるのさ。季節の変わり目なんだよね、今日が。

夏が終わってしまったのさ。

海水浴客たちは、もう、あしたからはほとんどこないだろう。ぼくたちの夏は、いよいよこれからはじまるんだけれどね。ぼくは、あしたからはぼくたちのものになる、ようやく人の数の減りはじめた浜辺を、サンドイッチをかじりながら、なんとなく愉快になって踊るように歩きはじめた。たしかに、砂浜の砂にも、あの焼けるようなあつさはなくなっていたけれども、そこには、一年中終わることのない夏が、顔をのぞかせているような気がした。まるで自分のものではないような、不思議なかたちをした、それはそうだろう、サーフ・ボードと麦わら帽子を手にしながらサンドイッチをほおばっているのだからね。でその不思議なかたちをした影が、ぼくのあとからついてきた。ぼくたちの夏は、永遠に終わりのない季節なのさ。

ランナウエイ・キッズ③
空に消えたベッシー

ぼくの住んでいる湘南地方というところは、まったくもって不思議な地域で、そこにはとてもたくさんのヒーローがいる。もちろんぼくも、そのひとりさ。ぼくはね、症状からいうと、そう、ごく軽度のパラノイアかな。いや、かなり重症かな。しかしおかしなところだよ。いや、どこがでなくて、ここ湘南の地区がさ。

そういえば、約一〇年にひとりの割合で、スーパー・ヒーローが生まれるのもこの土地の特長じゃないかしらん。かつては、そうそのとおり、御立派な一物で障子をつき破った石原慎太郎さんがいたし、次にやってきたのは、だれあろう、このひとこそ、ぼくたちのヒーロー、全国何千万の同世代のYESの声をうけたあの加山雄三さんそのひと。そして、そのつぎが、誰あろう、へへへ、このぼく、北山耕平というわけさ、なんて言ったりしてね。どうも、ぼくは、いま、パラノイアの症状が出ているかもしれない。普通考えてもいないことが、このように文字になるのは。いやきっとそうだ、そうにちがいない。葉山にある、ぼくのかかりつけのお医者さんを呼んでみようかな。また彼は怒るだろうなあ、このあいだ、あんなことをやっちまったからね。なにしろ、ぼくは注射がきらいでね。なにがきらいって、ぼくは、注射が車の排気ガスよりも嫌いなのさ。でね、ちょうどブルース・リーかだれかの活劇を観てきた直後だったもので、ハッシと彼の持っていた注射器をこの右手の手刀ではたきおとしてしまったってわけ。あきれたような顔をしてたよ。

「お父さんとのつきあいで、こうして君ともつきあってはいるが、今後このような悪ふざけをするようなことがもしあれば、おつきあいももうこれかぎりということにさせてもらいますな」

なあんてことを考えながら、ぼくは友人のやっているコーヒー・ショップで、冷たくなってしまったアメリカン・コーヒーのモーニング・マグを前に、秋にはほんとに珍しい夏の盛りのような日の光に心地よく身をまかせながら、焦点のあわない目を、すっかり人気も去って一段と色っぽくなった海岸線に向け、おきまりのように白昼夢に浸っていた、とまあ考えてくれたまえ。

つまらないことや、悲しいことがあった日には、ぼくはいつもこうしてここに来て、いまのように、アメリカン・コーヒーを注文し、しばらく片隅に置かれてあるコイン式のジューク・ボックスで、たとえばビーチ・ボーイズや、ポップスなら加山雄三さんの「君といつまでも」なんて曲をかけてそれに耳を傾けている。そのうちに、ちょうど、コーヒーがなくなりかけて、手に持った具合で、カップの白い底が見えるか見えないぐらいになると、煙草が欲しくなるんだ。いつも、おんなじなんだよ。だからマスターがそれをおぼえていて、丁度いいころになると、マッチに火をつけてくれるわけ、ほら、このようにね。

そこで、大きく肺いっぱいに、まず、なによりも吸いこんで、ゆっくりと吐きだしていくと、煙の向こうに、ちらちらと、対岸の葉山や逗子あたりの風景が、浮かびあがってくる。いまは、だいたい三時頃だし、この店にはお客は、といっても客と呼べるかどうかは自信がないんだけれど、ぼくひとりでね。まるで心はここにあらず、てな風情で、頭のなかでいろいろとあらぬことを考えている。

ぼくの頭のなかには、時限装置つきの爆弾があって、いつそいつのタイマーをセットしたらいいのかを、ぼくはこうやって思い悩んでいるんだ、とこれは嘘だけどさ。でも、そんなときなんだよね。不意におかしなことが心のなかから浮かんでくるのは。こうやって、どこにも焦点をあわせないで、波なんかみているだろ。すると、もう、ぼくはぼくでなくなってしまうのさ。すると、そんなとき、まったく不思議な物語を思いつくって寸法さ。

その日は日曜日で、ぼくはひさしぶりに昼すぎまで自分のベッドのなかにいた。家族はみんな外出してしまって、家のなかにいるのは、どうやら、ぼくだけだった。起きあがるのもめんどうだったので、ぼくは横になったまま、自分の呼吸の数を、ひとつ、ふたつと数えていた。

二三ぐらいまで数えたときだった。そのとき、玄関のほうでベルが鳴ったんだよ。なんだかあわただしく、かつせわしなく二度、三度と。

ぼくは、まだ歯をみがいていなかったので、それにもちろん顔をまだ洗っていなかったので、一瞬、どうしようか、このまま知らん顔をしようかと思ったさ。それに、パジャマ姿の男の子ってやつは、見るひとにもよるけれど、あんまりいいもんじゃないだろうしね。

あんまりしつこく鳴らし続けるので、ぼくはしかたなく立ちあがり、寝ぐせのついてしまったてっぺんの髪の毛を押さえながら、スリッパをパタパタいわせて玄関に出ていった。

扉を開けると――。

誰がいたと思う？

「パパ大好き」っていうテレビ番組が昔あっただろう。そのパパの役をやったフレッド・マクマレイというひとをもうすこしこぶとりにして、頭をすこし禿げさせたような、となりのおじさんが立っているんだよ。それも、なんだかまっ青なんだな。着ているものが、じゃなくてもちろん顔色がさ。

ぼくはまだ半ば眠っている頭脳の半分で、自分がテレビのスイッチを入れたのか、それとも玄関にいるのかを考えようとした。それほどよく似ているのさ。フレッド・マクマレイというひとを、日本人にしたら、ちょうどこんな感じじゃないだろうかと考えてごらん。そう、そんな顔さ。おまけに、そのひとは、家で、あの愛すべきトランプという犬ほどには立派じゃあないけど、これまたスヌーピーのぶちをあと五、六コ増やして、女にしたみたいなベッシーという犬を飼っているんだ。ぼくは、この犬と、友だちでね。いろいろなことを教わるんだ。

で、このパパが、一層青ざめた顔で、

「耕平君、わたしのこれから言うことを真面目に聞いて欲しいんだ」

といって、つばを音をたててゴクリと飲みこんだ。

「実は、笑わないでもらいたいんだが、わたしは、その……」

としばらく口ごもった後、

「ブラック・ホールを見つけたんだ」

ぼくは、あっけにとられてなにがなんだかわからないまま、頭のなかで、これはテレビだテレビのなかだと念仏みたいにとなえたよ。あたりまえじゃあないか、大の大人が、いい年齢《とし》をして、なにがブラック・ホールだよ。ふんふん、それで?

「ついさっき、君も知ってのとおり、わたしは日課のようになっている、ベッシーの運動につきあった。今日は日曜だから、彼女——もちろん犬の——の好んでいた投げ縄遊びをやっていたんだ。はじめのうちは、いつものとおりだったんだけれど、なにげなく投げた最後の一段が、その、あの、ブラック・ホールにつきささってしまってね。

つまり、わたしは、ロープを、西部劇の劇中人物よろしく、くるくるとまわして、やっ！と天にむかってなげたわけだ。と、どうしたことか、そのまま、そのロープは、なにやら一本の鉄の棒のようにピーンと伸びて、ひっぱれどもひっぱれども、うんともすんとも動かないんだ。そんなに長くないロープなので、天につきささっているらしいむこうのはずれも、きちんと下から見える。見えるんだけれども、これが落ちてこない。

なにかが、たとえばカラスとかがくわえているわけでもない。ベッシーはわんわんとほえたてるし、わたしは冷汗がドッと出てくる。いやはや、もう大変なことになってしまったと思ったのさ。

登って登れそうだったんだが、なんだか不気味じゃあないか。だから、ベッシーにのぼらせたんだ。これが、気のいい犬でね、うれしそうに、尻尾をふりながら、スイスイ登っていくのさ。二〇分ぐらいかかったろうか、ベッシーはようやくロープの上の端にかかった」

ぼくは、ぼくの友人のベッシーが、健気にも飼主の命令どおりにロープをよじのぼっていく姿を頭のなかで思いえがき、おもわず涙しそうになった。

「そこでしばらくベッシーはくうーんくうーんと鼻をならしておったが、やがて、さらに登ろうとしたんだな。思わず、あぶないっ！　と思って目をつぶった」

ぼくも、目をつぶっていた。ベッシーが、天からまっしぐらに落下する様を考えただけでも、ぼくは死にたくなっちゃうからね。

「しかし、落ちてこないんだ。ドスンともズシンとも音がしない。おっかなびっくり目をあけたら、もうベッシーはいないんだよ。下の端を握っていたロープに、なにやら軽いショックが伝わってきて、急にロープだけがくたくたと落ちてきた」

フレッド・マクマレイさんは、ひといきにここまでしゃべり、大きく深呼吸したあと、独り言みたいに、こう言った。

「ブラック・ホールさ、あれは。ベッシーは、その犠牲になった。ちがうかね、耕平くん」

ぼくには、そのとき、それがブラック・ホールであるか、ないか、というつまらない問題を考えている余裕などなかった。最高の親友のひとり、いや一匹だったベッシーのことで頭がいっぱいだった。しかし、ぼくの頭に、そのとき、とても素敵なことがひらめいたのさ。ちょうど天の声を聞くみたいなやつがね。

「その穴は、ブラック・ホールかもしれません。そうじゃないかもしれないけれど。しかし、これだけは言えるような気がするんですよ――」

以下、ぼくの話をまとめてみる。つまり、人間は誰でも、一生に一回か二回、神さまになれるチャンスを手にすることができるんじゃないだろうか。それがどのようなかたちであるのかは知らないけれど、今回のように、天にロープがつきささるっていう場合もあるだろう。それを登った人間は、神様になれるのさ。目の前にロープの端がありながら、登ってもみようとしない人もいるだろうし、他人に登らせてしまうひともいる。誰にでもこんなチャンスはあると思うんだよ。だから、ベッシーは、いまごろ、神様になって、胴に大きな翼をつけて、向こうの国で自由に飛びまわっているのではないだろうか。しかし、おどろいたのはもともとそこでハッピーに暮らしていた他の神様たちで、てっきり人間が昇ってくると思っていたのに、ひょっこりと顔を出したのが、スヌーピーまがいのベッシーだなんてね。

ぼくは、なんだか、とても陽気になった。

もちろん、自分の眼前にそんなチャンスが来るかどうかは、それこそ神のみぞ知ることだけれど、もし、もしもだよ、そんなことになったら、まよわず、ぼくはそのロープを登っていくね。賭けてもいいよ。

ある日、君が、ふとなにげなく空を見あげたら、そこに、長いロープを登っていく男の子の姿を見つけたら、まずぼくだと思って、下から声をかけてください。ぼくは、余裕たっぷりに、上から手を振るからね。なんてことを考えていたら、突然、声がしたんだよ。

「耕平さん、煙草の灰が落ちるよ！　床はみがいたばかりなんだから、それだけはやめてね」

こうしてぼくの白昼夢は終わりを告げたわけさ。

ランナウエイ・キッズ④
白い運動靴の秘密

そう言ったのは、ロック・グループ〝ザ・オールマン・ブラザーズ・バンド〟の誰かだった。アメリカ合衆国ジョージア州にあるメイコンという街で撮影されたビデオのドキュメンタリーのなかで、だ。この番組は、過日、NHKで放映された。なにしろ素敵な番組だったよ。ヴァイブレーションの行きわたった、びっくりするほど健康的でセクシーな放送だった。

「なにごとも、キメるには時間がかかる」

いい言葉だろ？　なにごともキメるには時間がかかるのさ。

すこし、きめてみようよ。まず、履物だ。

ぼくは、湘南地方と世間では呼ばれる、東京から車で一時間半ぐらいの、それは美しい地方で生活している。しかし、だからといって、ここがなにか特別の地区であるという意味ではないんだよ。駅をおりる。駅前の本屋に入るだろう、するとレジスターのわきにはちゃんとあるのさ。いや、『ＰＨＰ』とか『いんなあ・とりっぷ』とかいった雑誌がね。だから、特別な地区じゃあないんだ。どこにでもあるかもしれない日本の一地方さ。しかし、なにかが違ってきている。海があるからという理由なのかは知らないけれど、環境の持っているヴァイブレーションが、たまらないほどおだやかで、いつもみんな、なんとなくニコニコした、とてもビューティフルな地方だよ。

ぼくは、ここが好きだ。

で、履物の話だけれど、この地方には、めったに、あの、ひもつきで、黒くて、人造皮革みたいにへんにピカピカ光る靴をはいた人たちはいないんだ。素晴らしいことだろう、これは？ いわゆるビジネスマン・タイプの靴は、平日はともかく、日曜日にはまったくお目にかかれない代物なんだよ。これは驚異さ。

学生だって、めったにあんなものは履きやしない。あんなに重たい靴は、だいいち身体にもよろしくないよ。いけない理由をずらずらといくつもあげていったところで、なんにもならないことはわかっているさ。しかし、嫌なんだよ。あの、たよりなさそうなひもがついて、いやらしそうにテラテラ光っている物体をみると、なんとも恥ずかしくなってしまうんだ。自分があれを履いているところを想像しただけで、冷たい汗が、ほら、出てきてしまうよ。

一度だけ、もうそれ以後は絶対に履いていないんだけれど、あれを履いて、ともだちのやっているコーヒー・ショップに出かけたことがあるんだ。いま思い出しても、顔から火が出るくらい恥ずかしいことがあったのさ。その昔にはね。

あまり見慣れない男のひとがいたんだ。どうやらマスターの知り合いらしいんだけれどね。目のきれいなひとだったよ。言葉にちょっとなまりがあったけれど、そんなことはどうでもいいのさ。ぼくはその日、前日に雨が降ったので、運動靴がずぶ濡れになってしまっていたから、嫌だったけど大学一年の時に履いたことのある黒い皮の靴を履いていった。ぼくは、ぼくが好きになるひとはいっぺんにわかってしまうという特技を持っていて、この男のひとに見つめられた瞬間、ああ、このひとは良いひとだ、いいヴァイブレーションを持っているぞ、と直感で、理屈ではなく、理解したんだよね。

髪は、ぼくよりもすこし長めで、まっ白い気持ちのよさそうなシャツを着、ブルージーンをはいて、メキシコ製らしい柔らかそうなブーツで、スタンドのかどをコツコツとけっとばしていた。その男のひとが、ぼくのほうをジロリと眺め、

「君、生まれは？」

と、いくぶんぶっきらぼうに訊いてきたのさ。

「一二月二日ですけど……」

「いやあ、射手座だな、なるほど」

これですべてがわかったようにうなずいて、にっこりと微笑した。ぼくは、なんとなく恥ずかしさも手伝って、黙りこくってしまった。しばらく、コーヒー・カップが受け皿にぶつかる音だけがこの空間を占め、その音がぼくの電気的に接続された頭のなかで、幾倍にも増幅され、まるでウェストミンスター寺院の鐘のように鳴り渡った。

「しかし、靴がいかんな」

ぽつり、と、そのひとが言ったんだ。

「君は射手座だ。木星はそんな靴は嫌いだよ」

ぼくはこのひと言を、まるで神様からの啓示のように受けとった。ほんとうさ。ぼくは、どちらかというと、神様の存在を信じているのでね。もちろん、ホロスコープだって作ってもらったさ。そこには、君がこれを聞いたら恐しくなって逃げ出してしまうような、ものすごい事実が秘められていたんだからね。いつか、そのことについては、また話してあげるよ。ともかく、靴のことなんだ、今回は。

その日のぼくのいでたちはというと、長袖のチェックのシャツに、皮のベスト、ブルージーン、そしてブルーの綿のソックス、そしてあの恥ずかしい黒い皮靴。笑っておくれよ。そのときは真面目だったさ。ぼくもまだ若かったしね。二三歳ぐらいの時だよ。

それが、このひとの目には、いっぺんに理解されてしまったんだろうなあ。でも、しかたがないじゃあないか。別に口答えをしなくても、この人が良いひとであることがわかったから、ぼくは黙っていた。

しばらく、世間話をしたんだ。なにになりたいとか、いまはあれがしたいだとか、どのテレビ番組がおもしろいだとか、鎌倉のお寺のはなしとかね。まあ、親とはめったにすることのない種類の話だよ。そのうちに、なにを思ったか、その男のひとが、マスターに、

「ちょっと、この子を借りるよ」

と、言ったんだ。まるで、ぼくは子供なんだよね、このひとにとっては。でも、ぼくはいつまでも子供だから、悪い気はしなかった。ただ、もう、このひとの目にぼくの履いている靴を見せたくないとの一念で、まるで美容体操をやっているひとみたいにぎごちなく、身体をぎくしゃく動かしていただけさ。

「耕平、一緒に行ってこいよ」

マスターがそう言ったので、ぼくは立ちあがった。

それからいったい何があったと思う。信じられないかもしれないよ、君には。べつにぼくが人のいない浜辺につれ出され、暴行されたとか言うんじゃなく、なんと、そのやさしそうな目をした、占星術師のひとは、ぼくを車、それもまっ赤なミニ・クーパーに乗せて、藤沢の町はずれにある、運動靴屋さんに連行していった。そこは、ヨ

ットをやるひとたちがよく利用する、一風変わったお店で、スニーカーがごまんと揃っているので有名なのさ。

ぼくは、事態の急変についていけず、なんで自分がここに連れてこられたのか、理解できないでいた。ぼくたちは、それでもあれがいい、これがいいと口々にわめきながら、店のなかをひっかきまわしていった。なにしろ、この辺に住んでる若い者ときたら、だれもかれも運動靴中毒にかかっているからね。すると、運動靴の山の向こうで、あるとき、占星術師さんが、声を張りあげた。

「これがいい‼　これが」

見ると、いかついわりに履きよさそうなまっ白な運動靴を手にして、ひとりで彼は悦にいっているではないか。彼は、しばらく、軽さのこととか、ひもの長さのこととか、裏のゴムのこととか、見ばえのこととかをしきりと口にしていたが、やがて、ぼくのほうを向きなおり、

「どうだ？」

と訊いてきたのさ。

ぼくはてっきりこのひとが履くつもりなのだろうと考え、きれいですね、とかなんとかこたえた。

「お前が履くんだよ」

と、そのひとは平然と言ったものさ。ああ、そうなのか、とぼくは思った。そして、いま履いている靴は特別で、いつもはこんな靴を履いていず、昨日が雨で、びしょ濡れになったからだと説明にかかったんだけれど、その占星術師さんは、途中で手をあげてぼくの言葉をさえぎり、「問題なのは、君がいま、なにを履いているかなんだよ。昨日のことはどうでもいい。それに、こんなものは、二、三足持っていても邪魔にはならない。ぼくは、自分のともだちが、そういう靴を履いていることが、たまらないだけだ。とりあえずいま、ぼくが君にしてあげられることは、君に靴を揃えてあげることで、そうすることによって、君はぼくともっと仲の良い仲間になることができる。まちがっているだろうか？」

ぼくは、もっともだと思ったので、彼が手に持っているタイプと同じズックの運動靴の、ぼくのサイズのものを、お店のひとに頼んで出してもらった。まるでぼくが手にするのを待っていたかのように、その運動靴は、ぼくの手のなかで、まっ白く見えた。

「どうせなら、ここから履いていこうよ」

ぼくが、言った。ぼくは、自分が履いてきた重い皮の靴を、靴屋でくれた紙の袋に押しこんで、足元も軽く、店を出た。妙に足元が軽くて、まるで自分の足ではないような気がしたほどさ。まるで、飛んでいるみたいなんだ。足にかかっていた重力が、ふっと消えてなくなったみたいな、なんというか、不思議に素晴らしい快感なんだよ、これが。たとえ三時間ぐらいでも、あの重たい靴で足をいためつけたことを悔やんだね。

そしてぼくはこの事件以後、一度も、あの重たい靴は履いていない。あれは、ぼくの家の玄関につくりつけの、シュー・クリームのにおいのぷんぷんするゲタ箱のなかで、静かに眠りこけている。おそらく、もう、二度と、彼のねむりは覚まされることがないだろう。それもまた時代のなりゆきか。

ぼくは、それから、毎年、一年に四足はあのお店でズックを買っている。ぼくの足にはこのズックはとてもいいものだ。すくなくとも、ぼくの足は、あの重たさから解放されたのだ。

そんなわけで、ぼくのなかまたちは、もう、めったに、いや、絶対に、あのようなグロテスクな抑圧的な黒い皮の短靴を履くことがなくなった。しかし、考えてみれば、長い年月だった。なにしろ、一度は、あの靴を履いた身としては、その感慨はひとしおだよ。そう、なにごともキメるのには、時間がかかるものなのさ。

べつにぼくは、だからといって、ぼくが言っているような靴を履いているひとたちを、いけない人種だと言っているわけではないんだよ。しかしすくなくとも、これを読んでいる君が、もし湘南に来る日があったら、お願いだから、そんな靴だけはやめてくれないかしら。せっかくいいヴァイブレーションを持っている土地柄なんだから、そのヴァイブレーションをわざわざ足元で拒否せず、すなおに受けとめて欲しいのさ。そうすれば、とってもいい体験ができると思うんだよ。

なによりもぼくたちにとって履きものが大切なんだとぼくに教えてくれたのは、なにも占星術師さんだけじゃあなかった。ロックンロールの王《キング》、あのエルヴィス・プレスリーが、いつかジューク・ボックスのなかで、優しく歌っていたことがある。

「……だが君は、ぼくのブルーのスエードのシューズを踏んではならない」と。

あたりをうろつくのは勝手さ。なにを言おうともね。湘南なんて、たいしたことないよ、ともなんとも勝手に言ってくれてもいい。だが、君は、君のその黒いエナメルを塗ったみたいなやけにピカピカ光る短靴で、ぼくたちの白いズックの運動靴を、ぜったいに、踏んではならないのだ。

ランナウエイ・キッズ⑤
少年のプレゼント

あるひとりの、ぼくが大好きだった少年の話をしてみたいんだ。その少年の名前は、別になんでもいい。君が好きな名前をつけてくれてもいいし、もちろん、かのホールデン・コールフィールドという名前にしたって、それはぜんぜん構わない。問題なのは、彼の名前ではなくて、彼自身の存在そのものなのだからね。

彼が生まれたのは、一二月の、暖冬異変とはいえいまにも雪の降ってきそうな灰色の重たい雲が空に低くたれこめていたときで、大変な難産だったと言う。しかし、これは嘘かもしれないよ。彼はいろいろな嘘をたくさんつくんだから。君が逢ったら、あんまり嘘つきなんでびっくりして腰を抜かしちゃうだろうな。それほどの嘘つきなんだよ。でも、その嘘のほとんど、そう、九九・九パーセントまでは、実に簡単に見抜けちゃうのさ。彼も別にそのことを気にしていないらしく、ぼくと逢っているときなんか、嘘をつくことを心の底から楽しんでいるみたいで、こっちが拍子抜けしてしまうぐらいさ。

とっても変わった子でね。学校から帰ると自分の部屋にとじこもったきり、といって勉強をするわけでもなく、本を読むでもなく、ただひたすらビートルズの初期の、つまりリヴォルバー以前のＬＰを、とっかえひっかえプレーヤーにのせては、メロディに身をまかせながら、ただぼんやりと、自分の部屋から見渡せる景色に見入っているんだ。ちょうど運よくというか、彼の家は、かなり大きな、といっても何千メートル級というごたいそうなものとは違うんだけれど、ともかく、海抜三百数メートルはあろうかという、この地方にしては珍しく高い山のてっぺんにあって、見晴らしはとてもいいのさ。

どういうわけか、ぼくはその彼と気が合うんだよ。もちろん、ぼくにだって彼は嘘をつく。けれど、彼がぼくにつく嘘には、決して悪意がない、ということがわかってしまうんだよ。それは、彼がぼくととてもよく似ているからなんだろうなあ、としか言いようがない。そう、直感というやつでね。ただ、彼には、とても困った問題があって、それがいつもぼくを悩ませているんだけれど、彼はよほどのことがないかぎり、なかなか自分の心を開こうとはしないんだ。人間を信頼したい気持ちは十分すぎるほどありながら、彼が育ってきた環境が、そんな彼をつくりあげてしまったのさ。けれど、頭がよく、感受性は人一倍強いし、自分の言葉をある程度思いのままあやつる術をとうの昔にマスターしてしまっているから、よけいしまつに悪い。他人から見ると、そこにいるのが本物の彼であるのに、彼はそこにいない、ということが起こってくる。わかってもらえるかな？ いても、いないんだよ。彼は完璧に自己の世界を自分のヘッド（頭）のなかでつくりあげ、その世界のなかでひとり気ままに暮らしていたんだ。ぼくとそんな彼との出逢いは、いまでもはっきりと憶えている。まるで昨日《きのう》のことのようにね。あれは、去年の春先のことだった。ほら、春一番ていうやつがあるだろう？ その日がちょうどそんな感じの日でね。海のほうから、変になま暖かい風がムワーッと吹きつけて、もう長袖なんか悠長に着ていられないし、浜辺にくりだした連中は、まるで夏がきてしまったかのようにはしゃぎまわっていた。もちろん、ぼくはそんなお祭りさわぎが大好きだから、友だちから電話が入るとすぐ家を飛びだしたのさ。ヤッホー！ って声に出してみたいぐらいの上天気でさ、ただ風がちょっと強すぎるみたいだったけれど、おそらく気の早い連中はいまごろいい波をつかまえてサーフィンを楽しんでいるだろうなあ、とかなんとか考えながら、小走りで浜辺へ向かって駆け出していったんだよ。ぼくが浜辺へ出る道すじは、もう決まっていて、江の電の踏切を越えたら、スーパー・マーケットのある角を右に折れ、右に折れたら次にすぐ松の巨木のしたを左に曲がるんだ。そして、歩数にして約八〇〇歩で、湘南海岸に飛び出す。これが、ぼくの家から浜辺までの最短距離さ。何年もかかってぼくが選んだ道なのだから、信用してもらいたい。他にもいくつかルートはあるんだけれど、この道を行ったほうが、ともかく早く着くのさ。で、その日も、ぼくは足早に、お決まりのルートを浜辺に向かって進んでいた、とまあ考えてくれたまえ。

ジーンズのお尻のポケットにひとつだけ入っていたデンティーン・ガムを口に入れ、ニッキの味を歯の先で軽くかみながら、ぼくはうかれたようになって、最終チェック・ポイントである松の巨木にそった左に曲がった途端、なにかと正面衝突をして、目の前にとてつもないほど大きな輝きを見た。これは痛かったよ。頭がクラクラするなんてものじゃあないさ。腹のなかから、その日食べたものがせりあがってくるような感じがしたんだ。大げさに言ってるんじゃないんだよ。頭のなかで、まるでウェストミンスター大寺院の鐘が鳴り響いているみたいだし、一瞬、ぼくはカメラのストロボのなかに突っこんだんじゃないかと思えるほどに、ものすごい明かりを見たのさ。

しばらくして、といってもほんの二、三秒のことなんだけれど、ハッ！　と我に返って、あたりを見まわしたら、少年がひとり、砂地のうえに倒れているのが目に入った。どうやら気絶はしていないらしく、砂地の上にうつぶせになったまま、しきりとなにごとかをつぶやいている。

「大丈夫かい？」

ぼくはおそるおそる訊いた。大丈夫じゃない、なんて返事されたら、どうしようなんて考えながらね。そうしたら、彼、いったい何て言ったと思う?

「あなたはどう思いますか?」

ほんとうさ。ほんとうにそう聞こえたんだから。ぼくは、普通こういう状況の場合は、大人子供を問わず、なんでもありません、とか、どこそこがいたいとか言うものと思っていただろう? だから、どう思うかなんて訊かれて、まったくめんくらってしまったのさ。

「どう思うかっていったって、ただ、ぼくは、その、あの、怪我なかった?」

「切り傷はないみたいです」

「そう、そんなならよかった。じゃあ、立てるね?」

ぼくが言うと、彼はやっと少年らしいしぐさで立ちあがり、コットンのズボンについた砂を手で払いおとした。そして、最高裁判所の裁判官のような口調、といったって実際は知らないし、おそらくこうなんじゃないかしらって思うだけなんだけど、ともかく、さもわかっているって風で言ってのけたんだよ。

「とにかく、町のなかを走るときは気をつけてください。あなた、いつもそんなにいそいでいるんですか?」

いったいどんな教育を受けているんだろうとぼくは心底思ったね。まるで子供らしさがないんだ。ともかく、その場はぼくがあやまって、彼を彼の家まで送っていった。

送っていく途中、いろいろと尋問してはみたんだけれど、彼がどういう少年なのか、ということはさっぱりわからなかった。ともかく、ぼくと彼との関係は、こうして劇的な出逢い、とぼくひとりがかってに決めているんだけれど、まあ、劇的な出逢いで始まったのさ。

それから時折、浜辺や町のなかでぼくは彼と逢い、逢うたびにすこしずつ言葉をかわすようになった。彼が中学校の二年生であってぼくの悪友連中がときどき自分の恋人をつれて散歩にいく山の頂上附近の大きな家が彼の家で、母親と父親と一緒に暮らしていること。おこずかいは週に三〇〇〇円もらっていること。友達はほとんどいないこと。そしてビートルズの初期のLPが大好きなこと。ピアノの演奏がものすごくうまいこと。その他いろいろと、ぼくは知るようになった。

彼はとてもナイーヴな少年で、ぼくが与えるどんな言葉にも敏感に反応を示した。しかし、その口調は、あいかわらず変に大人びていて、ぼくにはそれがたまらなく嫌だった。いつかぼくはなぜ彼がそのように大人のような口をきくのか訊いてみようと思っていた。しかし、そのことを訊くのは、あまりにもかわいそうで、なかなかきっかけがつかめなかった。ぼくは彼が好きだったからね。

彼もぼくのことを気にいってくれた、とぼくは思う。どこかの道のうえでばったり逢ったりすると、そこだけが彼の年齢をはっきりと教えてくれるようなあどけない笑顔を向けてくれたりすることからも、それはわかった。

しかし、いつか、彼が、彼の母親らしいひとと一緒に歩いてくるところにぶつかったことがあるんだけれど、そのときはいつもと雰囲気が違っていた。ぼくと顔があっても、ムスーッとして笑ってくれないんだ。ぼくはなんだかとてもさみしいような気がしたことを憶えている。

そして、つい先日のことだ。ぼくは、彼の家がここ鎌倉から東京へ引越していくことを風の便りで聞いた。街の噂では、彼を某有名公立高校に入学させるために、家を移すのだという。そういう種類の親がいることは知っていたけれど、数年前ならいざしらず、まさかいまだにそんなことをさせる親がいるなんてことは、あきれてものも言えないね。ぼくは彼はここにいるべきだと思うし、東京に行ってしまったら彼のナイーヴな神経は都市のオブシーンなリズムによってすりきれてしまうと確信していた。人間はそれほど弱くはない、と考えるひともいるだろうが、それほど弱い人間も確実にいるんだよ。だから彼が東京に行ってしまう前にいま一度あって、すこし話をしてみたいと思っていた。他人ながらやはり心配だからね。なかなかチャンスがなかったけれど、昨日鎌倉の本屋さんからぼくが新しい『SFマガジン』を手に出ていったところで、ばったりと彼にあったのだ。彼はまたいつものような明るい笑顔で、「やあ」と、言った。

ぼくが、このあいだ君はお母さんと歩いていたね、と言うと、

「あのときは挨拶しなくてごめん。母親の前では甘い顔を見せないようにしているんです」

彼はなにごともなかったかのように平然とそう言ってのけた。ぼくはそれに対してどのように答えていいものやら見当がつかなかったので、彼と並んで黙ったまま大通りを駅のほうへ歩き出した。

「ねえ、東京に引越すんだって？」

「そう。それが彼らの希望ですから。いい高校、いい大学、立派な社会人」

「でも、君がほんとうにやりたいことは――」

「ピアノです。ぼくは、ピアノが好きなのです。ほんとうにやりたいことといったら、ピアノ以外に考えられないもの」

そのときだけ彼は生き生きとした口調だった。しかし、すぐ、顔をくもらせて、

「まあ、しかたがないんです」

しばらくおたがいに沈黙を守ったまま、ぼくたちは一二月のあわただしい雑踏のなかを歩いた。やがて駅がちかづき、ぼくは、思いきって尋ねてみた。どうして、そんなしゃべり方をいつもするのか、と。

「ぼくは、心を開いて人と話すことが、たまらなくおそろしいんですよ。いつも裏切

られてきましたからね。いつかは、死のうとも思ったぐらいです。でも、こうしているあいだは、ぼくはすくなくとも楽なんです。なにも気にしなくていいし。しかし、いつまでも、こんなことはつづけません。それはやはり、とてもつらいことですから。でも、すくなくとも大学に入るまでは、ぼくはこの生き方を変えるつもりはありません。口のきき方は、ぼくの武器なんです。ぼくの世界を守るためのね。ほんとうに愛せるような彼女がもしぼくにできたら、ぼくはこの十何年間に見、聴きしたことを、そのときはじめて心を開いて話してあげるつもりです。それが、ぼくからのプレゼントでもあるのです」

ランナウエイ・キッズ⑥
海を見ていたオズワルド

「あいかわらずテレビばっかり観ているのかい？」

と言うのが、彼の開口一番だった。仕事で東京まで行こうと思いたち、家を抜けだし、駅へ向かう途中の、ぼくがこの世に生まれる以前からそこにずうっとある小川のうえにかかったちいさな橋のうえで、ぼくはほんとうにひさしぶりにぼくの友人と出逢ったのだ。

「ついこのあいだ、機会があったので一時間ほどテレビを見せてもらったんだが、どうしてあんなものに君が夢中になるのか、とんと理解できなかったよ。よっぽど君はおかしく出来てるんだろうな。こんどいつかわたしにもなぜテレビがそんなにおもしろいのか、説明してくれないかね？　あんなものがそんなに不思議なものだとは、驚きだ」

「そりゃあそうだよ。君が観てもおもしろくもなんともないはずさ。テレビっていう機械はとってても妙なマシーンでね、必要なものにとってはどうしてもなくてはならないものだし、必要じゃないものにはほんとうに必要ではなく、ただなんともまどろっこしいものなんだからね」

彼はとてもうれしそうにうなずいた。ぼくは、橋の手すりのうえに腰を降ろし、洗いたてのブルージーンのお尻が汚れるのをちょっと気にしながら、冬の寒空には似つかわしくないほどに温かみをたたえた大きな彼のふたつの瞳に見入っていた。やれやれ、大変な一日になりそうだ。ここで哲学者のオズワルドと出逢ってしまったら、今日の東京行きはだいぶ遅れることになるだろうなあ。オズワルドというアルファベット名だからって、彼はれっきとした日本生まれだ。あのケネディ大統領がダラス市で暗殺された日がたまたま運悪く彼の誕生日で、どうせならジョン（F・ケネディ）とでも名づけてあげればよかったものを、友達がいけなかったんだろうなあ、よりにもよって暗殺者にされてしまった男のオズワルドという名前をプレゼントしたんだからね。君も、友人は選んだほうがいいよ。悪いひとばかりじゃないはずさ。

「そういえば、ずいぶんと逢わなかったね？　どこかに旅行でも行ってたの？」

ぼくが訊くと、

「三週間ぶりだろう。ちょっと山の上の家にこもっていたのさ。ここのところ、天気もよかったし。なあんにもしないで、陽のあるうちは陽だまりでぼけーっと景色を眺めていたな。夜は、もちろん、夜空を見るんだよ。今頃の空は、とくに北風が吹いた日にはとくに、星がとてもきれいなんだ。寒いのがちょっとつらいけれど、そんなことはすぐ忘れてしまうよ。温かい寝床もあるし、まあ食えるだけの食料もある。他になにがある？」

「だって、ひとりじゃあ淋しくないかい？」

「淋しくなったら山を降りてくればいいということがわかっているし、それにいつでも山を降りてかまわないんだから、三週間あそこにいたという事実から推し量るに、その間は淋しくはなかったんだろう。十分に満足できる三週間だった。得るところも大きかったし」

「でも、君は、めぐまれているよ。ぼくの仲間にも、できることなら二、三週間、ぽかっと仕事に穴をあけて、旅行にでも行っちゃいたいといつもいつも言いながら、三年が過ぎてしまったという不幸なひとがいるんだ。やつに比べたら君なんかはるかに自由だしね」

「それは違うな。いつかなにかをやりたいと願いつつ生きるのは非常に抑圧的で、健康なことじゃない。それは確かに生きていくことの目標にはなるが、結局、どこまでいっても目的地にたどりつくことはできないのだからね。目標は今、この瞬間にしか達成されないものなのだ。ほんとうに自分が好きで決めた仕事なら、それをやっている限り、他のなにかとくべつなものを求める心なんてものは、頭をもたげてくるはずがない。仕事をやっているときこそが、最高に楽しいはずさ。それを楽しめないのは、その仕事がその人に向いていないからだろうな。であるからして、そんなものはまったく自由なんてものとは、関係がないんだ」

「じゃあ、自由ってなんだい?」

「自由ってのは、そう、一種の喜びではあるな。自分の生き方を選べるのは、他のだれでもない自分自身だっていうことだよ。君は、今頃の夜の空がいったいどれほど美しいものなのか、自分のその目で見て、識っているかね。ほんとうに識っていなくてはならないものは、あらゆるところに見つけ出すことのできる美しさなんだ。美しさっていうのは、決して絵や写真やカラー・グラビアやテレビのなかにだけ存在するものではなく、見るものの心のなかにこそその源があるのだとわたしは思う。どこを見ても、なにに触れても、素直に美しさを全身で味わうことができる。これが、自由ということだよ。自由に条件なんてものはいらないのさ。個人個人によってその自由、つまり、あるものを心の底から美しいと感じることができる度合は千変万化、てんでんばらばらだが、とはいえ、万人が美しいと認めざるを得ない十二分に広いカテゴリーがあるし、また、同様に万人が醜悪だと認める事物、たとえば戦争、暴力などは、ひとりひとりが自分の美を見つけだしたときに、この世からなくなってしまう。わたしがしていることは、自分にとっての美の領域を守って生きながら、その喜びをより多くのひとたちと共有しあうことだ」

「だからぼくにいつもいろいろなことを教えてくれるんだね」

「教えてるんじゃない。共有しあいたいんだ。嘘でかためたことを話しあうのではなくほんとうのことを知りたい、それだけさ。しかし、君の世界はまだまだ狭いな」

「狭いと、いけないのかい？　だいいち、せまいほうが楽じゃないか」

「楽なものか。世界は広ければひろいだけ、喜びは大きいものなのだ。それに、狭いほうが楽だなんて考えているうちは、広い世界があることにすら気がつきはしないだろうよ。君にはわるいが」

「しょうがないよ。でも、話をきいてると、なんだかとても怖くなってしまうね。あだやおろそかに人生を考えたりしてはいけないみたいだ」

「当然じゃないか。明日どうなるか、ってことさえ、現在ではなんの保証もないことなんだよ。つい三日前も、わたしの友人のひとりがすぐそこの道路で轢《ひ》かれて死んだ。死んでしまうまでわたしには彼が死につつあるということが理解できないでいた。翌朝にはいつものように大きな声で挨拶《あいさつ》してくれるものと信じていた。しかし、いつものような朝はやって来ず、残酷な新しい朝が、夜明《デイ・ブレイク》けという言葉にふさわしく、天をふたつに分けただけだった。そんなものなのだよ、われわれの人生なんて。いったい、いつ、STOP！　という声を掛けられるか、誰にもわかってはいないのさ。わかっていることは、とりあえず、今、この瞬間だけは、誰がなんと言おうと、確実に生きて、大気を呼吸しているってことなんだ。今、生きているという実感を根底に据えたうえではじめて、これからも生き残り続けるために、ではいったいなにを、どのようにすればいいのか？　ほんとうはこういうことをこそ、教育機関では教えるべきだと思うね」

「ぼくは今、ちゃんと生きているよ」

「だから、わたしと話をしている。しかし、わたしと話ができないひとが、なんと多いことか」

オズワルドはそう言うと、首をちょっと横にふった。ぼくが、彼のさしたほうへ首をまわすと、よく街で顔をあわせる、いかにも教育ママを絵に描いたような、近所のおばさんが、通りすがりに、まずぼくに冷たい視線を投げつけ、お昼が近いというのにまだ自宅のすぐ近くでぶらぶらと仕事もせずに遊んでいるとはけしからんとでも言いたげに、わざとらしく頭をさげ、ついで友だちであるオズワルドに視線を移した。

オズワルドは、ひとと目があうといつもの癖で声を掛けるんだ。まあ、これが彼流の挨拶の仕方なのだから、ぼくは黙っていた。

その女のひとは、なにかおそろしげなものに魅入られたかのように、目を大きく見開き、一歩しりぞくと、気をとりなおし、ぼくたちのことなんかまるで眼中になかったかのように、足早に江の電の駅のほうへと歩いていってしまった。彼女の後姿は、はっきりとぼくとオズワルドに対する拒絶をあらわしていたし、意識してこちらをふり返るまいとするためか、襟足のあたりの筋肉が痙攣しているのが、はっきりと見てとれた。

「どうしてぼくたちのことを嫌うんだろう?」

「おっかないんだろうよ」

「なにが?」

「自分とはまったく違う価値観が同一の世界に存在するということがさ」

「それは、君が犬だからだろう? 雑種のわりには、身体が大きいから」

「わたしが一匹の犬だから、へたをするとガブリと噛みつくかもしれないとあの女が思ったというのかね。そうじゃあない。犬としゃべっている人間をはじめて見た人間は、みんなあんなものさ。君の気が狂っているんじゃないか、と考えただろうよ。そう考えないかぎり、彼女の世界の秩序は保たれないのさ」

「つまり、人間は動物や植物とは会話ができないとあのひとは思っているんだね。だとしたら、あのひとは、人間から与えられる知識だけで生きている、つまり、なんというか、かたよった情報しか与えられずに、この自然界のなかで生きていかなくてはならないんだろうな」

「人間ってのは、生まれながらにして偏見を持っているものさ。その偏見を捨て去り、あらゆる生命体と協調しあいバランスをとりあいながらみんなで生きてゆくか、その偏見を唯一の依りどころとして、最終的にはひと握りの人間を原爆の灰のなかで生存させ、彼らに人類のまったく新しい時代をまかせるか、そのふたつにひとつの道しか、残された道はないんだよ。犬であるわたしが、人間である君と話をしているのを見て腹をたてたのは、おそらく自分がからかわれていると感じたからだろうけれど、そこには、動物と人間はコミュニケートできないという重大で決定的な誤解が見てとれるな。人間をなにやら特別の才能のあるものと見る見方は、アクエリアスの時代にすべて崩壊してしまったのだ。だからこそ、コンクリートで地球をおおってしまうような動きそのものに対し、反対する運動が起きてきた。これは、テレビで知ったことさ。地球は一個の惑星としてそれだけで完結しているのだから、あるひとつの種族のためだけに他のあらゆる種族が犠牲になるようなシステムでは、この地球は救えない。この世に生を受けたすべての生命体が、力をあわせて、巨大な生命体である地球を救わなくてはいけない時期がきてしまった。責任は人間にあるのだが、いまはそんなことで言いあらそう時ではない。事は急を要している。わたしはそのために生きているんだ。地球にわずかに残された美しいものを見るためにね。それが、地球を救う唯一の道なのだよ、耕平くん」

そう言うと、オズワルドは、いくぶん年齢をとったせいか、ゆっくりと腰をあげ、一、二度武者ぶるいを激しくすると、橋の手すりに伝わって軽く匂いをかぎ、耳をピンとたて、駅とは反対側の山のほうへ歩きはじめた。ぼくは、その場に残っていた。角を曲がるとき、ぼくのほうを見やり、彼がウインクをしたことだけは、いまでも、はっきりとおぼえている。けれども、こうして、東京へ向かう横須賀線のへんになま温かいシートに腰をおろしていると、いったい自分が犬のオズワルドとなにをはなしたのかまったくおぼろげで確かではない。確かなことは、ぼくが、犬と話ができる、ってことぐらいで、あとはなにもない。

ところで、君は犬と話ができるかい？

ランナウエイ・キッズ⑦

さみしくはないよ

ひと昔前の話を聞いてくれるかな。二六歳のぼくがまだ一六歳だったときのことだ。もうすでに陽が西の端に落ちかけているというのに、哀れにもぼくは、一緒にパーティへ連れていく相棒の女の子を、まだ、ぎっしりと書きこまれてはいるアドレス・ブックの内部《なか》から、見つけられないでいた。これは、ショックだったよ。一六歳の男の子が味わうショックとしては、わかるだろう？　とにかく大変なものだ。へたをしたら、一生が左右されてしまうかもしれないなあんて、つい思いこんじゃったりね。

そんなわけで、ぼくは、この、海岸通りに面して置かれている大人ひとり用の公衆電話ボックスのなかで、いささか上気して受話器を握りしめているところなのだ。

電話の本体の箱のうえには、ばらの十円銅貨が五、六枚、てんでに好き勝手な面を見せてころがされ、アドレス・ブックの「N」のページがひろげられたままになっている。

「うん、なあんだ、そうなの、わかったよ。いいや、気になんかしてないよ。またこのつぎ誘うから、そのときは約束だよ、OK？　グッド。じゃあ、楽しくやりなよ、バイ、バイ……」

CLICK！

鼓膜からすぐのところで電話の切れる音がするのを待って、ぼくは深くため息をついた。元気に、明るく、快活に相手の話を聞くことは、どうやらその話がこちらにとってもうれしい話でもないかぎり、とても疲れる作業であることにまず間違いはないようだった。

ぼくはこれまで五人の女の子に電話をかけ、戦歴は〇勝四敗一引き分け。引き分けというのは相手が電話に出てくれないということで、すなわち、もうすでに誰かと手に手をとって会場である体育館に向かいつつあるか、あるいは、彼女の小うるさい両親が、彼女を電話にちかづけないように彼女を屋根裏部屋にとじこめてしまったかの、どちらかなのだ。どうしてこう世間の親というものは、かくも陰険な生きものなんだろう、と嘆いたところで事がうまくはこぶはずはないので、今日は運が悪かったとして、七時から始まるパーティをあきらめることにしたところから、さて、このストーリーははじまるのさ。

汗で湿った左手で十円玉をかきあつめ、アドレス・ブックを大切そうにジーンズの尻のポケットに押しこむと、身体をまわし、体重を投げつけるように右肩から電話ボックスを出るぼくの姿は、誰が見ても一目瞭然、地球上に半分はいるという女たちのだれもから、とてつもなく巨大な肘鉄をボディにくらってふらついている三回戦ボーイ、六月の最後の週の土曜の夜にたったひとりでいる阿呆、土佐犬に追われる野良犬の子供、ええい！　これ以上書くのも腹が立つ。ともかく、かように傷ついた心とからだを、大人の世界で培《つちか》ったお体裁の明るさというヴェール、それもはや擦り切れてところどころからぼろが顔をのぞかせているヴェールでつつんだ、妙にわかりすぎてしまった嫌味な子供にしか見えなかったと思うよ。

泣きたかったさ。でもね、ぼくだって「男」だもの、一緒にパーティへ行ってくれる女の子がいないからって、それだけの理由で涙を流すなんてことは絶対に……なんてことを考えながら国道に沿って歩いているうちに、熱いものがこみあげてきて、視界をゆっくりと覆ってしまったのだ。

もう一生、自分を愛してくれるようなひとがあらわれないような気がしていた。もちろん、これまでにいっぺんも、愛し、愛されたなどという素晴らしそうな経験をつんだことはそれまでなかったのだけれど、なんとなく、そう、その場の持っている雰囲気で、でもそのときは真剣に、将来のことを思っていた。嘘じゃない。

それでもなお、最終的には涙を流していることを人に見られることだけは避けたかったので、上を向いて歩くことにしたのさ。

かれこれ四、五分ぐらい電話ボックスに入っていただけなのに、空の色がすっかり変わってしまっていた。陽が沈んだあたりからはじまる淡いけれどもはっきりそれとわかるオレンジ色が、天頂にちかづくにつれて色あせ、ほとんど無色になると、そこから先はブルーがだんだん濃くなっていき、東の空はもう完全に夜になっている。星が珍しくたくさん出ていた。

ぼくは、こうして空を見ているのが好きなんだ。

いくつになっても、好きだと思うよ。ただちょっと首を上に向けるだけで、いつでも世界の中心にいる自分が確認できるのだからね。

このときも、ぼくは世界の中心にいた。

でも、ひとりぼっちだった。

ひとりぼっちで世界の中心にいることは、とても耐えられないような気がしてしかたがなかった。ほんとうだよ、母親でも、妹でもない誰かが必要になることが、男の子には時々あるものだからね。

国道が大きくゆっくりと海岸に沿ってカーヴを描いているので、どのくらい離れているのかははっきりしないけれど、二キロか三キロほど先にぽつんと建っているマックスという名のドライヴ・インの、アメリカ趣味らしい「ＭＡＸ's」とつづられたネオンサインに灯が入って、ピンク色のネオン管が不規則に輝いているのを眺めているうちに、ぼくはもうひとつ別の世界にいる自分の姿を発見した、というわけさ。

えへん！ と咳払いなどをしておいてから、おもむろに改行、と。

確か、ぼくは、まだ見ぬ恋人のことを、あれや、これや、いろいろと頭のなかで思い巡らせていたんだよ。「まだ見ぬ」とことわってあるとおりで、そのひとは、絶対にこの地球上に存在していながら、哀しくもぼくが今、ここでひとりぼっちでいることなど、知るよしもないのだ。

しかし、そのひとなら理解してくれる、とぼくは思ったね。どうせ、ぼくは、モンキーズが歌っているように、デイ・ドリーム・ビリーバーさ。でも、この夢の世界を一緒に楽しめる君は、どこかにいてくれる。もしかしたら明日、ひょんなことから出逢うかもしれない。コーヒー・ショップで隣の席に腰を降ろす……。うん、考えられるぞ。あるいは、朝、浜辺で犬に散歩をさせていたりしてね。まてよ、そう、駅でぼくの前に切符を買うかもしれない。

そのひとにだったら、ぼくがこれまで夢の世界で遊んでいたときの話をしても、うまくつうじるかもしれないんだ！

けれど、きっと、彼女はいつか、ぼくにこういうだろうなあ。

「現実にもっと目を向けて、大人になりなさい。いいかげんで身を落ちつけないとだめよ」

そう言いながら、彼女がいちばんよく知っているのさ。それがぼくにとってとてもむずかしいことだってことはね。

だから、そのことを強制しはしない。ただ、言ってみるのさ。ぼくは、そんな彼女が大好きだから、べつに嫌な顔はしないよ。ちょっと、ギクリ、とはするけれど。

とにかく動きつづけていたいだけなのさ、ぼくの希望としては。彼女もそのことはわかってくれる。ぼくが選ぶひとだからね。いまぼくが立っている世界の中心に、ぼくが彼女を招待したんだから、きっとある部分は彼女に折れることがあるかもしれない。一六歳のいまから、指おり数えて何年後に彼女とめぐり逢えるか定かではないけれども、もし逢えたら、ひとつ、約束をしようと思う。

歌の文句のようでおかしいんだけれど、笑わないで聞いて欲しい。ぼくは、真面目なんだ。本気さ。せっせせっせとお金をかせぐことで時間を費やし、今度はその時間を捻出するために愛を、基本的な優しさを消費してしまうのが、ごく普通の生き方なら、ぼくはそんな、ちょうど、かんなでお互いを削りあうような生活はしたくないんだ、とね。

針先でちょいと突つかれたら大きな音をたてて破裂してしまうような二人の関係な

んか欲しくはないのさ。

たとえば明日、この世のおわりが突然、やって来るかもしれないだろう？　誰も、このことを否定できやしない。いや、むしろ、その可能性も十分にありうるというデータのほうが、学者さんたちのあいだでは多いくらいだ。地球と呼ばれる、はるか離れた宇宙空間から見ると生命体のようにブルーに輝いている惑星が、こなごなになってふっとぶか、あるときフッと消滅する瞬間が、いつこないとも限らないのさ。

そのようなときでも、あなたは、ぼくと一緒にいてくれるだろうか？

なにも信じられることがなくなってしまったときでも、ぼくのところへだけは帰ってきてくれるだろうか？

ぼくは、ようやくはじまったばかりの自然のプラネタリウムの中心に立ちすくんだままで、かようなことを考えていた。二六歳のいま思うと、多分に幼稚ではあったかもしれないけれど、人間誰でもこの問題では頭を悩ますものであるらしく、一六歳は一六歳なりに真剣にそのことについて考えていたものさ。

ほんとうに好きなひととめぐり逢ったら、なんてことを考えるのは、それに、とてもワクワクすることだしね。ぼくはそのとき、ある確信にちかいものをつかんだような気がしている。一種不可思議な力がぼくのこころにはいりこみ、それがにわかに映像となって頭のなかのスクリーンにありありと映し出されたのだ。

天啓、と言ってははなはだ大げさすぎるかもしれない。はかりしれないほどの影響をぼくの全身全霊に与えつつあったビートルズ的な愛の世界、ペパーランドにもそれは似ているような気がしたけれど、似ているだけで、それはあくまでもぼくのひとつの理想郷《ユートピア》の姿だった。

すべての人間は繫がりあうべきものである。基本的なことは、これしかないんだ。そして、その最小単位は、男と女である。

人類の歴史がもしも誤った歴史だとしたら、最小単位のしっかりした組みあわせをつくることを人間がおこたってきたからにほかならないのだ、なあんてね。

いつかきっと自分のことをすごくよくわかってくれるひとがあらわれ、ぼくもそのひとのことがとてもよく理解できたら、今度はふたりで世界の中心に立って、いままでひとりでは見渡せなかったより広い部分を知るために、動きはじめようと、ぼくは考えていた。

ずいぶんとえらそうなことを、と思われてもしかたがない。一六歳の男の子が、週末にダンス・パーティへ連れていく女の子を見つけられなかったために、ひとつ勉強をしたということだけを、話したかっただけなのだから。こんなことは、決して、学校では教えてくれないからね。

ともかく、ぼくは、その日、海岸通りを上を向いてそろそろと歩きながら、深く男女関係について思いを馳せていたのさ。生まれてはじめてのことだった。思春期に特有のこととしてかたづけるには、あまりにもことが重要な気がしてね。

海からの風に、我に返ると、プラネタリウムはいよいよ佳境に入っていた。ぼくは、世界の中心にしっかりと足で立っている自分を確認できたあとのいつもの習慣で、なんとなく気分がおだやかになって、どこかで必ずこの星空を眺めているであろうぼくの好きなひとに、おやすみを言うと、家に帰ろうと歩きはじめた。

体育館ではそろそろダンス・パーティがはじまる時間だった。

その夜、ぼくは、「アー・ユー・ロンサム・トナイト?」と尋ねてなぐさめてくれるひともなく、遠くで波の音を聞きながら、やがてぼくを好きになってくれるだろうひとの夢を、いつまでもみていた。

もう、多分ひとりぼっちではなかった。

第3章

シティ・ボーイから仲間たちへ

BROTHERS AND SISTERS…!

BORN TO LOVE

いったい、いつ、こんな大事なことに気がついたんだろう？　夏の暑い太陽がギラついていた頃だったろうか？　ＮＯ！　違う。もっと以前から気がついていたような気もする。では、大恋愛をしてからか？　それも違うようだ。もっと昔、もっともっとはるかな昔に、ぼくは身体の第六感でこのことを感じていたのだ、確実に。そしてそのとき以来、ぼくはそのようなことはごくあたりまえのことなのだ、と考え、信じ込んできた。だれもがそう考えているものと思いこみ、そのことを疑ってみさえしなかったほどだよ。えらいだろう？　大変な馬鹿だったよ、ぼくは。あたりまえのことだとばかり思っていたから、あんまり人前で口にしたらみっともないだろうと思い、他のみんなも同じ理由で口をつぐんでいるのに相違ないなんて愚かにも信じこんで、こんな風に育ってきてしまったのだからね。

しかし、それを言ってくれたひとは、いなかった。だからって言うわけじゃあないけれど、あやうくもうすこしできれいさっぱり忘れさってしまうところだった。これは恐ろしいことなんだよ。こんなことは、できるだけ早く知るに限る。すくなくとも、高校生か、大学生のうちにね。もちろん、広く心を世界に開けば、いろいろとたくさん友だちになれるひとがいたんだろうが、なんとこの情報過多の生活のなかにも、必然的帰結としての〝ブラック・ホール〟が存在していて、そのなかを知ろうにも、書かれたものすらめったに公衆の面前に姿をあらわしてくれないというなさけない現実が巨石のようにデンとあったのだ。

いったいこれほどぼくがひとりで大騒ぎをくりひろげている、ぼくがとうの昔に気がついていたこととは、なんだと思う。とっても簡単なことさ。シンプル・ライフ・イズ・マイ・ウエイだからね。ひと言でいえるよ。つまり、

やりたいことをやりたいようにやる！

ってことさ。指導者《リーダー》なんていらないよ。なぜなら、これは、ぼくが、ほんとうにやりたかったことなんだからね。つまり、リーダーは、ぼくなのさ。そして、君でもある。誰がリーダーになるとか、あいつではいやだとか、ごちゃごちゃ理由《わけ》のわからないことばかりやっていたって、どうしようもないことぐらい、百も承知のはずじゃあないか。要は、自分のやりたいことをやればいいんだ。

やりたいことをやりたいようにやる、なんて文字で書かれてあるのを見ると、なんかこうとても簡単なことのように一瞬思うひとがいるかもしれない。そのとおり！

とても簡単なことなのだ。だって、ねえ、あなたも、このことを望んで育ってきたのでしょう？　やりたいことをやりたいようにいますぐに！

ところが、学校の教育というやつは、やりたいことをやろうとするといつも顔をのぞかせて、そいつを駄目にしてしまう。平均的人間が最高であるといった、まったく誤った考え方に支配されてしまっていると、やりたいことをやりたいようにやるひとは、異端というレッテルをべたりと貼られて、仲間はずれにされていってしまう。もしも、時代を動かす基本的理念として、平均的人間の創造があるのだとしたら、ぼくはそんなところからは逃げだしてやる！

人間は、なんて大上段にふりかざして言うほどのことではないんだけれど、人間はどう考えたってこの生を楽しむために誕生してきたんだろう？　だれが好んで苦しみを求めるかよ、ってんだ。ね？　しかしままならないのが人生で、楽あれば苦あり、苦あれば楽あり、ってね。それもまたひとつの真実だろうけれど、人生楽しいことばかり、という真実だってあるわけだし。

人と生まれた限りは、できるだけこの七〇年ぐらいにわたるひとつの「旅《トリップ》」を楽しんでみたいものだね。中途半端な楽しみ方では、もともとこちらのほうには興味がなかったわけではないぼくだから、満足できはしない。つまり、ぼくが知ってしまった最も深い部分は、この「満足」を知ってしまったことと言いかえてもらってもかまわないのだ。

普通、人間が望むものは、ひとまず具体的な物として現実の世界に登場してくるだろう。たとえば、ほら、いまこれを読んでいる君の周囲にある様々な文明の利器——と信じられている——ラジオ、ステレオ、カラーテレビ、家、ベッド、ジッポのオイル・ライター、ブラウンのシェーバー、ビートルズのLP、そのほかほとんどの日常品、それらを君はほんとうに身のまわりになければならないものと認識したうえで利用しているのではなく、たまたま手に入ったし、なくてもいいが、あればあったでまた便利だなあと思いつつ、毎日使用しているにすぎないのではないか？

ぼくは、ぼくが普段日常の生活のなかで手にし、肌にあて、持ち、乗りしているそれこそあらゆる道具類を、これはほんとうにぼくにとって——他人のことはわからないから——必要なのかという疑問の目を持ってながめまわしたとき、ほんとうに必要なものがあまりにもすくなく、いや、実際にはほとんどないというあからさまにおかしな事実に愕然としたものさ。と同時に、ずいぶんと自分の身体が軽くなったような気がしたのも、確かだよ。

大学は出はしたものの、いったいなにをやったらいいのかまるでわからないまま、巨大会社に勤めることもなく、はや二年が過ぎていこうとしているいま、ああ、なんにもしないでいてよかった！　と神に感謝したいくらいだ。これがねえ、もし、なんとか物産株式会社なんてところにつとめていたら、いまごろは、五年後の家庭を持った仮の自分の姿を唯一の楽しみとして、毎日毎日、来る日も来る日も、せっせせっせと、寅さんじゃないけれど額に汗して、働いて、その働くことを喜びだと思いこんでいただろうね。新製品が生まれ、テレビで紹介されると、競うようにそれを購入し、ベスト・セラーの本はかかさず読む――なんてこんな生活はまっぴらさ！　生きていることが、そのまま腰がむずむずしてくるような楽しいことでなくては、生きていたって仕方ないじゃないか。よくセックス小説なんか読んでると、「からだが識っている」「からだに訊いてみる」だとかいった表現が、そちらのほうだけの興味で書かれてあったりするけれど、「自分の身体が識っていること」っていうやつは、絶対に誰にもあるものだとぼくは確信している。そうだろう？　それに素直にしたがって生きているかぎり、絶対に間違いはないよ。

この「身体が識っていること」っていうやつは、いったい何なのだろうか？　残念ながら、まだよくわからない。よくわからないながらも、ぼくの個人的な意見を述べさせてもらうとすると、それは結局、幼年期から現在に至るまでに経験した、それこそ無数の、超意識的体験、と呼ぶよりは、自分がいまなにか行為をやってい、その行為を良しとして自己の全存在を没入したときに肉体のあらゆる感覚が捉えることのできる快感の積み重ね、ではないだろうか。虚構《フイクシヨン》、事実《ノン・フイクシヨン》にかかわらず、ぼくは書物のなかを、テレビのブラウン管のなかを、かれこれ二六年間以上も旅しつづけ、その旅の過程でぼくが識り得たことは、とてもおかしなことだった。それは、なんと日常性はリアルでないことか！　というひと言に、つきつめていくとなってしまう。

満足することを知らないことは、ある意味で、とても悲しむべきことだと、ぼくはここに来て考えざるを得ない。つぎからつぎへと自分の望むものをつくり出し、それを完全に手に入れることだけを生きがいとした生活には、リラックスできる自分の場所などないではないか。これ以上の道具は、あればあったで使用しないわけではないけれど、まあとりあえず今はそんなものがなくてもやれるさ、と考えることは、資本主義国家からながめれば、とてもいけないことなのかもしれないけれど、人間は同じことを何百年もくり返してきているのだし、そろそろもう気がついてもいい頃じゃないかしらん。

もういい。これで十分だ。今後はしばらく、この状態をのんびりと精一杯楽しんでみよう。国民総生産（GNP）なんて、ほんとうは、ぼくたちにとってどうでもいいことなんだ。一位になろうと、三五〇位に転落しようと、それはその国民がいけない国民だからという理由には、決してならない。ほんとうにそうなんだよね。日本人はよく働く、と世間では言われているらしいけれど、いったい何のために働くのか、是非一度尋ねてみたいような気がする。

ほんとうに、今の生活が楽しめるようになってよかったって思ってるんだ。それは、はじめのうちは、若干のうしろめたさはあったさ。しかし、人間がいちばん人間らしい瞬間ていうのが、自分がなにごとかにインヴォルヴされている瞬間そのものであり、そのなかから次つぎと新しいことを学ぶことができるなんて、これは素晴らしいことなのだよ。

なにごとかを一緒にとり行うために新しい主義、思想、思考法を導入するなんてことは、とても阿呆くさいことだってことにも、気がついた。知識なんてものは、決して大学や高校で教えてくれるものじゃないし、事実ぼくははっきりと言わせてもらいたいのだが、ぼくは教育機関のなかでこれまでに一度も生存法（サヴァイヴァル）の知識を教わらなかった。生存法といったって、大地震からの逃げ方だとか、乾パンと水をどこで入手するかといった、ごく安易な、あまりにも楽観的でおそまつな知識が欲しいんじゃないんだ。もし、ほんとうに、今日一日しか生きていられないのだったら、自分は、なにに、没入すればいいのか、ってことが、まず、知りたいことなのさ。我を忘れて一心になにごとかに夢中になっているときは、気分は最高だろ。それに非常に官能的だ。ぼくは、つねに、このような精神的状態に自分の心を置いておきたいだけでね、他に野心はない。誰もが必ず知っているはずなんだよ。自分が、ほんとうに自分自身になりきり、頭と身体のバランスがピッタリととれ、見るもの聞くものがすべて美しいと感じた時間が、過去にあったことを。小学校時代を考えてみなよ。修学旅行のときは、どうだった？　はじめて恋愛をしたときは？　一家そろってハイキングに行ったときのことは？　とっても良質な映画を観て涙を流しているときは？　はじめて一人で旅行に出かけたときは？　ね、君だってちゃあんと憶えているじゃあないか。六八年、六九年のあの学生運動華やかなりし頃、機動隊に向かって訳もなく石を投げつけていたあの瞬間、ロックンロールをはじめて聴いて完全にまいってしまった時、ビートルズをテレビで観ながら腰をとてもセクシーにもぞもぞと動かしていたあの一時間、君は完全に自分になりきり、考えればはかりしれないほどの恍惚感《エクスタシー》を味わっていたではないか。

自分を騙すことはできない。他人を騙すことができても。あのときあの瞬間の自分に間違いはなかったのさ。ぼくは、サーフィンをしているあの瞬間、確かに性的な絶頂感を味わうことができたと今でも信じている。同じような経験は、それこそだれにだってあるはずだ。そしてぼくは、二六歳になって、はじめて、日常生活をリアルなものだ、と判断することができるようになった。

日常生活は、かつてぼくがヘッド・ゲームとして考えていたときには、これほど退屈なことはないと感じていたものだ。たえず目の前にちょっと食欲をそそられるようなうまそうなニンジンをぶらさげられ、絶対に口に入れることのできないその一本のニンジンを求めて前へ前へと駆ける馬のような生活に、グッド・ヴァイブレーションなんてあるはずがないではないか。

だから、逃げる。なにから逃げればよいのかもわからずに、ともかくしゃにむに逃げていた。リアルでない日常生活から、ともかく逃げたかった。テレビを観るようになったのも、多分、そのせいではないか、と思う。ぼくはあまりにも多くテレビについて書きすぎたような気もするけれど、そんなことにはなりふりかまわずに、更に一度ここで言わせてもらう。テレビこそは、真の生存法を教えてくれる、唯一ぼくたち自身のための教育のメディアである、と。このことの詳しい説明は、他のところに書いたので、はぶく。しかし、テレビがぼくに教えてくれたことは、ここに書いておくつもりだ。ぼくたちが普通日常生活と考えている現実は、ほんとうは現実ではなく、ほんとうの現実はテレビのブラウン管上にしか存在しない。テレビはあきらかにスイッチを入れた時に一個の生命体と化し、送っている番組の内容の良否にかかわらず、それを観る側であるところのぼくたちに、心を開いてブラウン管上の電波の流れに身をまかせることを激しく要求する。それは、ぼくたちにとってすれば、愛を教えてくれる、貴重な師でもある。ぼくがテレビから学んだことは、以上さ。もっともっとたくさんこのことについては書きたいが、また別の機会にしよう。

「革命には、カラーテレビが必要だ」と言ったのは、かのジェリー・ルービンだった。

それはともかく、ぼくはひとの愛し方を、他ならないテレビから学んだのだ。テレビにそれほどの価値を与えてしまうことに反対なさるひともたしかにいるだろう。けれども、ぼくは、ぼく自身の半生、といってもたかだか二六年間ぐらいの短い時間だが、ともかく過去を振り返って、心を冷静にして考えなおしてみると、学校教育ではとうてい学び得ない貴重なことを、二〇インチのカラーテレビから学んできている。そして、これは事実なのだ。

テレビがぼくに「愛」「LOVE」を教えてくれた、といっただろう。そこのところをすこし説明したいんだよ。

ぼくが考えている「愛」というものは、いったい何なのか、というと、それはザ・ビートルズが歌うLOVEと非常に似た概念のものだと自分では思う。だから、これは決して宗教的なことでもなんでもなく、人間同士が結びつく、その根元にある精神的なものなんだ。「愛」ってのは、つまり、マッサージなんだよね。例えば、ここに二人の人間がいるとする。まるで原始時代みたいなものさ。二人はお互いに顔を見合わせ、相手のことを識ろうとしはじめる。お互いの身体に触れあい、あらゆる感覚器を用いて相手を理解しようとしあうだろう。そのうちに、ある時、ふっと、こいつはいい奴だ、とか、あるいは、こいつはたいしたことがないな、とかいったことが、直感として理解されるようになる。つまり、肉体的、精神的な武装を、お互いに触れあい、確認しあいながら、ひとつひとつ解除していくと、それに比例するように、いままでかちんかちんにこり固まっていた意識のしこりがゆっくりとほぐされ、ある時突然、お互いのあいだでほぼ理想的なコミュニケーションが成立するようになる。愛をメディアとしたコミュニケーションなんだよね、これが。To Know her is to love her. っていう英語もあるぐらいさ。これも事実だ。もともと人間はこうして人を愛してきた。そして、自分の愛するひとを見つけるには、現在という文明の時代にあっても、同じ作業をしなくてはならない。

「愛」というのはコミュニケーションのメディアで、つまりそれは強力な波、ヴァイブレーションのことなんだけれども、それによって人間は言葉を用いずともある種の感情を相手に送りつけることが可能になった。これは、とてもエキサイティングなことなんだよ、ほんとうは。でも、「愛」をメディアにするためには、ぼくたちは心を開き、相手の意識の流れがどのあたりにあるのかを的確に把握する必要があるのさ。

そのことが段々と理解されてきた。太古は、人間も動物も植物も同じ立場、つまり、この地に生まれたものはみな兄弟姉妹であるという認識がされ、地球全体をひとつのエコロジー・システムと見る見方がされていた。けれど、人間のつくり出した文明というやつが、なにか人間を特別なものへと改造していく過程で、そのエコロジー・バランスが崩れ、現在の地球が出来あがってしまっている。なにごとかを達成することを至上のものとしている限り、地球全体のエコロジー・バランスを、もとの理想的な形態にもどすことは不可能だ。ぼくはそう思う。

テレビは、それを観る側に、心を開くことを強く要求するメディアである。これはなにもぼく北山耕平がいまになってあわてて言いはじめたことではないのだ。かつて、マクルーハン教授も、同様なことを言っていたしね。彼は、そのときに、インヴォルヴという言葉を利用した。没入する。つつみこむ。テレビは、それを観る人間をつつみこみ、やさしくマッサージをしながら、その人間を解放しているのだ。

革命をおそれる諸君！　諸君はテレビを観ないほうがいい。テレビのスイッチを入れたあなたは、いやおうなしに、この「愛」の革命に参加しているのだから。

そこで、なぜぼくの日常生活がリアルなものとなってしまったのか、について、しばらく一緒に考えてみたい。まず考えることは、仕事と遊びというふたつの相対立する概念が、きれいさっぱりとぼくの語彙から消え失せてしまったことがあげられる。はじめのうちは、やっぱりすこしとまどったけれど、今となれば、これほど愉快なことはない。学校へ行っている時分のことだが、そのときでもちゃんと日常生活はきちんとふたつに分けられていた。学校へ通っている自分と、家でモーター・サイクルをいじくっている自分とは、あきらかに別人であったはずだ。「たてまえ」と「ほんね」の生活は、なにも社会学的日本論の書物のなかにのみ存在するのではなく、こうして現在では小学校の生徒の精神生活にまで、その悪しき影響を与えつつある。人間の生活に「たてまえ」と「ほんね」の二面性がもしほんとうに必要だと考えているひとがいるとすれば、そのひとの未来はお先まっ暗だ。なぜかくも「たてまえ」の自分を気にするのだろうか？「ほんね」だけの自分がいかに気分的に軽いものであるか、君には理解できると思う。「たてまえ」の自分は、自分であってまるで自分ではない自分のことで、「たてまえ」の自分でしかものごとを判断できなくなってしまったら、そのひとは死んだも同然だ。そうは思わないかい？しかし、とあなたは言うだろう。言わないまでも、すこし考えこむはずだ。「ほんね」の自分をつらぬく生き方をできるひとは、ほんの少数しかいないはずさ、とかなんとか。ぼくにはそれほどお金はないね、お金持ちの道楽だよ、そんな生活は。

ちょっ、ちょっとまってくれよ。ぼくはそんなことを言ってるんじゃないんだ。それは、いま、あなたがどこかの会社のサラリーマンか、サラリーマン予備役のひとだったら、そう考えてもなんの不思議はない。あなたは、満足することを忘れてしまったあわれなひとたちなのだから。

だからいま一度、自分のことを考えてみなおすのはどうだろう？どうしても金銭的思考から逃れることができないひとたちは、自分がひと月過ごすのに最低必要な金額はいったいいくらか、ということをまずまっ先に考えてみるのはどうだろう。

ほんとうに必要な額なんて、たかが知れているはずさ。ぜいたくは、やりはじめたらきりがないし、とりあえず今の状態を維持していければいいんだし、多少すくなめに考えても、それで十分さ。そうしたら、ひと月それだけを稼げるなるたけ割のいい肉体労働を選ぶ。郵便局のアルバイトでもなんでもいいのさ。月のうち一〇日ぐらいを全力で働いて、一定額をもらい、残りの二〇日をまったく自由に、すきなことをやって暮らす。純粋に肉体的な仕事である限り、「たてまえ」を前面に押し出す必要もまったくなく、つまり、売らなくてもいい心をみすみす売り渡すようなことが起こらないということさ。

これは、「たてまえ」をできる限り押さえることにより「ほんね」に近づくアプローチの仕方の一例だけれど、もちろん「ほんね」だけを強力に押し出すことによって食いぶちを得るやり方だってある。これは、心を売る商売だけに、危険も多いし、成功する例はきわめてまれだが、それだけに十分すぎるほど魅力的で、ぼくもあやうくそこにのみこまれそうなところで、しきりともがいている一人なんだ。生命の燃焼度は極端に高く、いちど足をつっこんだひとは、なかなかそこから逃げ出せない。逃げ出せなくても、なんとなく食っていけるようになったりする、まったく不思議なファンタスティック・ランドさ。

ロックンローラー、一般的には芸術家と呼ばれるひとたちが、これにあたる。彼らの世界には「たてまえ」なるものはかけらも存在しない。むきだしの自分があるだけで、彼らは唯一「LOVE」をメディアとしていろいろなことを語りかけてくる。

ともあれ、どのような生き方をしようと、それはぼくが決めることでもないのだけれど、すくなくとも自分がかつて一度でもあこがれた感覚に従って自らのやりたいことを決めていけば、まずあやまちはないよ。これはぼくが保証するね。

かつて高校の物理科学の時間に、慣性の法則というものがあることを学んだことがあるんだ。これは、書物をひもといてみると、他からの力の作用を受けない限り、現在の状態を変えないという物体の性質のことなんだけれど、まったく同じ状態が、いまの人間社会そのものにあてはまるような気がしないでもないだろう。一定のベクトルを持って、なにごとかを達成するために動きつづけているんだからね、なにしろぼくたちのこの文明というやつは。けれども結局その文明というやつは、なにごとをも達成しないんだ。達成するかもしれないぞという虚構が人間をして、一定のベクトルを持った方向に向けているのだとしたら、ね、ほんとうにこれは恐ろしいことなんだよ。

ぼくたちはいつまでもメビウスの輪のなかを歩きつづけるわけにはいかない。なぜなら、ぼくたち、いや、ぼくは知ってしまったのだ。人間を愛することの楽しさ、自分を取りまく世界の美しさ、なにかをつくり出す喜び、自然と一体化できるはかりしれないほどの快感、仕事をしないときの解放感、たまに仕事というよりは遊びと呼んだほうがいいけれど、遊びをするときの充足感。どれをとりあげても、以前にはあまり感じることができなかった感覚なのさ。

ぼくの考えている生き方は、時代に逆行するものであるかもしれない。すくなくとも、自分の身体と感覚器だけは、解放しておきたいと願った結果、ひとまずの結論として、ぼくはこの生き方を選び、そのことになんの不満もなく、日々新しい朝をむかえ、肉体的にも嘘のように健康になったのだ。これをなんと呼ぶのかは知らない。

ただ、ぼくの考えに非常によく似た考えのひとがこの日本にもとても多くいるということを教わって、いまはいくぶんほっとしている。すこしはましな国がつくれるかもしれないけれど、いまぼくはとても楽しいので、もうこれ以上ぼくになにができるのか、ということになると、あまり自信がない。ぼくがこれを読んでくれている君に送ることができるメッセージといったら、はじめから整理をしてみると、やりたいことをやりたいようにいますぐに！　そして、テレビを友とせよ、気持ちのいいことばかりをしていようじゃないか、学校では人生を教えてくれない、なにかをすぐ手にとどきそうもない未来に求めるのではなく、いままさにその瞬間なのだという実感を得よう！　ということになる。こんなわかりきったことを説明するのに、こんなに時間をとってしまってゴメン。許してください。

しかし、時代はいままさに最悪のところに来てしまっているんだ。人間不信の時代、だとひとは言う。ぼくはしかし、人間は信ずべきものだと常日頃考えているので、この「人間不信」なる言葉を聞かされるたびに、とても不快な感じを抱いてきた。だってそうじゃあないか、人を見たら泥棒だと思わなくちゃいけない世の中だったら、ぼくはあまりの恐怖に死んでしまうよ。社会ってのはね、その構成員同士が不信感を抱きあい、絶えず監視しあっているほうがありがたいんだよ。それは、国というものが基本的に国民を信用していないということと見事に同じことなのさ。

そんなところまで考えていくと、どんどん旅はバッドに向かうから、このあたりで、この袋小路から脱出することにしたい。オーケー？

なぜ日常生活がリアルなのかというと、そこには、社会も国も警察すらも土足で踏み入ってくることができない、いわばひとつの聖域であるからだ、とまず仮説をたててみる。つまり、日常生活の現実には、ぼくと、そしてもしかしたらそばにぼくの最も愛するひとの二人か、あるいは親友たち、そして両親、兄弟姉妹、愛猫、愛犬、ぼくが見ている自然だけしか存在しないものだから、他のさまざまな法律や約束事は、あってもないのだと考えざるを得ない。それが証拠に、これまでぼくは一度も法律を承認したことがないのだ。

そうなのさ、実際は誰もかれもが、法律なんていうしちめんどうくさいものとは隔絶したところで、それでもなんの不便さも感ずることなく、のうのうと暮らしているにすぎないんだよ。だってそうじゃあないか、行為の善悪を判断できるのは自分しかないんだよ、この広い世界にただひとりだけね。それに、ああだのこうだの言ったって、生まれてからこのかた一度でも法律違反をしたことがないなんていう珍しい御仁は、まあ、いないだろうなあ。

そういえばぼくだって、スピード違反はちょくちょくだし、ま、法律ってのは、絶対に捕まってはいけないゲームなんだよ。そう考えたほうが気が楽だしね。ビートルズは言っている。誰でもひとつは人に言えない秘密がある、と。ぼくはこれは真理だと思うんだな。その秘密の行為にそのひとが耽《ふけ》っているとき、あなたは法律でそのひとりぼっちの奇妙な優しさに満ちた行為を規制すべきだと考えるだろうか？　ぼくには、法律がそこまで人間を縛る必要はまるでないと思えるのだが。

ともあれ、いろいろと好き勝手なことを言って、ここまでつきあってもらったわけだけれど、ぼくの言っていることは間違っているだろうか？　ほんとうに簡単なことなんだよ。考え方をほんのすこし変化させれば、すべてはいままでとは違った見え方で見えるようになる。これまであまりにも長期にわたってひとつの物の見方を頭にたたきこまれてきたせいで、その考え方にのっとっていないと事物を判断できないような人間が生まれてしまっているし、これはユユしき問題なんだよ。これからいくつか、ぼくはあなたに尋ねたい問題があるので、ずらずらと並べて書き記してみる。どの問題についても、回答はいくらでもあるのだから、あなたが、自分で考えて欲しい。ぼくは、質問することで、君に石を投げつけるつもりだ。


あなたにとって「愛」とは何ですか？

「愛」はあなたになにをしてくれましたか？

生きているとは、どういうことなのですか？

あなたはいまの生活を心からエンジョーイしていますか？

なぜ明日のことばかり考えて、今日のことを考えようとしないのですか？

今現在が楽しくないのに、どうして近い将来がバラ色に染まって見えるのですか？

いろいろな重荷を背負って生きることが人間らしいなんて、ほんとうにあなたは考えているのですか？

あなたは、なにをするためにこの地球に生まれてきたと、考えますか？


まだまだ尋ねたいことはたくさんある。でも、もうその答えは聞かなくてもよくわかってしまうんだ。ほんとうにそうなんだよ、君がいま心のどこかで考えたとおりさ。じゃあなぜ、それに従って生きていこうとしないんだい？　サラリーマンになるだけが人生ではないはずだろ。いつか俺はこの会社を辞め、鳥のように自由になってやるとひそかに思い、日夜牙をみがいているあなた、あなたの人生に〝いつか〟という日がこれまでに来たことがありますか？　おそらく、なかったはずだよね。いつか、なんて日は、やって来やしないのさ。今、それもすぐに、あなたがはじめなければ、自分がそれをはじめた日に、あなたの人生はこれまでの退屈な姿を一変し、たとえようもなくおだやかなヴァイブレーションにあふれた美しい世界と化す、ということに、気がついて欲しいのさ。

ぼくは、ここまで書いてきて、なにか、あることが理解できたような気がしている。それは、ぼくの世界に生きている人たちは、ほんとうに今、この瞬間を全身でエンジョーイしているひとたちばっかりだ、ということだ。ひとはその人間が抱えている動詞の数だけの人間を認識できるという命題がもし成り立つとしたら、走るために生まれてきたひと、歩くために生まれてきたひと、食うために生まれてきたひと、セックスをするために生まれてきたひと、文学を書くために生まれてきたひと、絵を描くために生まれてきたひと、旅をするために生まれてきたひと、悟りを開くために生まれてきたひと、農業をするために生まれてきたひと、ブライアン・ジョーンズのように短く生きるために生まれてきたひと、ロックンロールを歌うために生まれてきたひと、革命を成し遂げるために生まれてきたひと、話をするために生まれてきたひと、その他、無数のひとたちが、ぼくのまわりで、それぞれの道を歩いている。冬の夜空から降ってくるような星の数ほどの人生から、いったいぼくはなにをつかまえることができたのだろうかと、そんなことを考えながらベッドにもぐりこんだとき、ぼくははたと気がつき、両手を力一杯ベッドにたたきつけたものさ。

そう、ぼくは、ボーン・トゥ・ラヴなんだ。愛するために生まれてきたんだよ。うん、これでいい、これでまたいい夢が見れるだろう。ぼくがいろいろな文章のエンディングを、英語でLOVEとするには、それぐらいの深い深い、母の恩よりも深い確信があるからなんだろうなあ、と考えつつ、ぼくはまた温かい毛布にくるまれて、未知なる世界への旅に向かうのさ……ZZZZZZZZZZ……!

LOVE——

ジェームズ・ディーンが教えてくれた

——成長はしよう。だが、大人にだけはなるまい！

〈大人〉と〈子供〉という区別は、はたしてどのようなものなんだろうか、ということを最近考えるようになった。二六歳という、両親から言わせれば決して若くはなく、社会的に見ればまだ若い青二才となるまったくあやふやな世代に属し、なおやりたいことをやれるといったまったく珍しい幸運にめぐまれたぼくは、どうしてもそのことを考えざるをえないのだ。

たとえば、〈大人〉と〈子供〉が純粋に肉体的年齢の問題だとすると、いったいいくつから〈大人〉なのだろう？　その昔は元服とかいって、一五歳で一人前（どのような意味を持っているのだろう、この言葉は？　刀で人を切り殺しても構わない年齢のことじゃあないかしらん）となったそうだ。一五歳。今じゃあ中学生だ。一人前にセックスの味を知りはじめた年齢だ。これが、〈大人〉だということだろうか？

日本には珍しい成人式と呼ばれる儀式があって、これはなにも珍しいものでもなんでもなく、世界各国どこでもあたりまえのものとお考えになるかもしれないが、〈子供〉の側に立ってながめるに、これほどワイセツで、しかもグロテスクな儀式はない。現在では、一人前を意味する成人という言葉の持っている意味のカテゴリーはすこぶる狭くなってしまっているので、成人式に出席したひとはほとんど誰もがみな一様に、これからは大っぴらに酒と煙草ができる、と考えるくらいの効果しか持っていない。そのぐらいのものなのだ。〈子供〉の概念からつくり出された〈大人〉の世界というものは。

では、〈大人〉と〈子供〉の決定的な違いとはなんなのだろうか？　こんなむずかしいことは、一万語をついやして書いたところで理解してもらえそうもないが、といってあきらめるわけにはいかない。〈大人〉たちに強烈なショックを与えなくてはならないので、あっさりとひと言でかたづけてみることにする。

つまり、決定的な違いは、感覚器官の働きの低下、これだ。全身で時代そのものの動きを感じることができなくなってしまったとき、そのひとは〈大人〉になる。一人前だ。立派だ。よくやった。出世だ。〈大人〉たちからは、その〈新・大人〉に向けて、そのような言葉の数々が投げつけられる。ところが、反対に〈子供〉の側からは、おだやかな、まあしかたがないといった意味あいのこめられた優しそうな微笑が送られる。これは、別れのあいさつなのだ。

「アノひとは、モウぼくたちノヨウニゆたかナこころの状態ヲ味ワエナクナッテシマッタノダネ。モウ、ぐっど・ばいぶれいしょんヲ送ッテモむだダカラ、サア、サヨナラダ。神様ノオメグミヲ！」。このような感じだと思う、その微笑に込められていることは。

ぼくたちは、いま、はっきりと言えるようになった。〈大人〉になるということは、どのように考えても決して楽しいことではない、と。いや、むしろいけないことではないのか！　とも。

〈子供〉はいつも、自分にとって気持ちのよいことは、世界にとっても気持ちがいいものである、ということを、理屈ではなく、持って生まれた本能として当然のごとく、理解している。そしてこのことは、とても重要なことではなかったかと、ぼくは『宝島』を実際に編集しながら、いつも、感じている。〈子供〉は〈大人〉よりもはるかに感覚においてすぐれているし、〈子供〉たちは、直感としてこのような社会のなかで成長していくこと、つまりただ成長する――子供として――のではなく社会的に認められた〈大人〉となることに対し、言いようのない嫌悪と、恐れを、感じているのだ。

〈大人〉の世界は、数がすべてを支配しているために、巨大な数の〈大人〉を必要としている。そのために〈子供〉たちを洗脳し、〈大人〉になるということがなにかとてもいいような錯覚を植えつけようとやっきになっている。ただ成長していくのではなく、大人に造り変える、これは作業だ。なんのことはない、〈子供〉から見れば、これはロボトミーをほどこしているにすぎない、ということになるのではないか。

ところが、時代も一九五〇年代の後半になると、このたくみでわるがしこいタクラミに気がついた一部のひとたちが、成長することはしかたがないが、〈大人〉になることを、ひとまず拒否しはじめた。そして、これが始まりだった。なにしろ、彼らは、その全生活《ライフ・スタイル》において、〈子供〉のまま成長することが可能なことを証してくれたのだから。

それまでも、決してこのようなことは起こらなかったわけではなく、たとえば一部の芸術家、詩人、科学者などがそのことに気がついてはいたけれど、彼らは世間から異端というレッテルをべったりと貼られて無視されていた。いてもいなくてもべつに大勢に影響はなく、絶対的な数は〈大人〉がしっかりと握っていた。数すくない彼らは大した存在ではないのだという考えが、見事に市民権を得ていた時代は、しかし、この五〇年代の後半にいたって、ゆっくりとではあるけれども確実にかしげはじめたのだ。それは、五〇年代に数多くこの地球に出現した〈成長した子供〉たちを目の当たりに見ることによって、自らの意志で〈大人〉になることを拒否しはじめた世代が生まれたことに起因している。

自分のことを考えてみると、それはよくわかる。幼年期もまだはじめの頃、誰もがみんな芸術家――ピアニスト、絵描き、バイオリニストetc.――になるものと信じて疑わなかった。両親も、それを希っているかのようだった。絵が習いたいといえば、絵の塾にかよわせてくれたし、ピアノが弾きたいと言えば、さっそく先生を発見してきてくれたりした。それが、感覚的なエリートではなく、営利的なエリートが学校というところで重視されるようになると、〈子供〉たちはみな一様に芸術家になることをあきらめさせられるはめにおちいった。なにしろ、金は〈大人〉が握っていたのだから。弱いのは〈子供〉だ。

このようにして、〈子供〉の改造は推進されていく。だが、自分たちが改造させられているのだという事実に、〈子供〉たちはなかなか気がつかない。なにしろ、とても気がいいからだ。すべてを、砂に水がしみこむように憶えていく。役に立つ知識と、なんの役にも立たない知識とを、なんの不思議もなく頭につめこんでいく。それがあるとき、成長している過程で、ある程度以上集まった役に立つ情報＝知識をひとつに集合させてみたとき、それまでの自分がなんとおそろしくつまらない、つまりグッド・ヴァイブレーションのない道路を歩いてきたのかを知り、がくぜんとすることになる。

六〇年代以前には、その瞬間は、いわゆる中年期以後にしかおとずれないものであるとされていた。自分の進路そのもの、つまりほんとうの自分が愕然とするほどにたる情報は、そのぐらいの期間をかけなければ集まらなかったからだ。しかし現在は、まったく事態は変わってしまった。〈子供〉たちにとっては、学校教育だけが知識を与えてくれる唯一のものではなく、〈大人〉の嘘の世界をあからさまにスッパ抜くような情報を送りつけてくる。たとえばテレビ・ラジオといった電気メディアまでもが、サヴァイヴァルの知識を与えてくれる教育機関となってしまっているからだ。このことによって、感覚がまだ完全に鈍くなっていない幼年期の最終段階において、〈大人〉になることを拒否し、〈子供〉のまま成長することを決意した多くの新しい人類が生まれはじめたのだ。

ぼくは、ぼくの仲間たちのことを、以上のように、大ざっぱにとらえ、考えている。

ここまで読んできて、なにを言っているのかさっぱりわからない〈大人〉のあなたには、もっと露骨に、わかりやすく、こう言ってみようか。

いまや、ぼくたちはあなたたちに向かって、三下り半を渡しているのだ。もうだまされないぞ、と言っているわけだ。怒ることはないと思う。なぜなら、それはあなたたちの責任だからだ。すべてを年齢のわくのなかでしか考えることができず、〈子供〉のまま成長したひとたちを、馬鹿呼ばわりすることで成り立っているこの世界は、やがて〈子供〉によって支配されるかもしれない。数は、〈子供〉のほうが圧倒的に多いのだ。

世代間全面戦争に突入せよ！　などといさましいことを言っているわけではない。ぼくたちは戦争は嫌いだ。友だちといるときが楽しいし、雑誌をはじめとして、なにか「物」をつくっているときが最高のエクスタシーなのだ。セックスのときにだけエクスタシーやオーガズムを求めるのではなく、ぼくたちは日常生活そのものにオーガズムを感じたいのだ。〈大人〉たちに害を加えるつもりはこれっぽっちもない。〈子供〉たちが何人か集まって一緒に生活していたりすると、かならず警察に電話をしてそのグループをつぶしてしまったり、一方的な挑発はやめてもらいたいのだ。ぼくたちはあなたたち〈大人〉を相手にしていない。ぼくたちの相手は、〈子供〉たちだ。

つい先日のテレビの深夜放送で、ジェームズ・ディーンの映画『理由なき反抗』が、再び放映され、再びぼくは感動した。そして、ひとつのことを学んだ。〈大人〉たちの身の保全を目的とする警察を信用するな、ということだ。

〈大人〉たちから観るとあの映画は、反抗児がひとつの事件をきっかけとして〈大人〉になっていく物語とでもなるのだろうが、ぼくたちはそのようなステレオタイプな観方なぞ、これっぽっちもしていない。なぜなら、ぼくたちは〈大人〉をもう恐いとは考えていないからだ。そして、ただ単に、年齢がうえだからといって、〈大人〉

たちがぼくたちに命令していい権利を持っているなどとは、アホらしくて考えられないのだから。

もうこれぐらいでやめよう。いつまで、〈大人〉の悪口をならべてもしようがない。要するに、放っておいてください、ということなのだ。映画で、ジェームズ・ディーンが扮するジム・スタークが言っていた。

「放っといてくれよ！　理由《わけ》なんかないさ」

「ねえ、もっと自分に正直になったらどうなんだい！」

「おばあちゃん、もうひとつ嘘をつくと、地獄行きになるよ」

「そういう嫌なことはね、一生わかりたくないんだよ！」

そういうわけさ。これ以上でもないし、これ以下でもない。これが、単に映画の世界だけの、あの、事実は小説よりも奇なり風のお話だと考えている〈大人〉のひとたちは、用心したほうがいいと思う。いつか、自分の息子や娘に、同じようなことを言われないように。それは、明日かもしれない。

ぼくたちは、結論として、ある一定の年齢に達してから、あの時は楽しかった、などとは言いたくないのだ。やはり、そういうときでも、いまが楽しい、楽しくてたまらない、と言いたいわけだ。

〈大人〉と〈子供〉の区別は、だから年齢のわくで考えるべきものではない。肉体的には〈子供〉でも立派な〈大人〉もいるし、〈大人〉という肉体的条件を有しながら、みずみずしい感性を持ちつづけている見事な〈子供〉も、厳存している。

ぼくが仲間たちと創ってきた『宝島』という雑誌は、このようなわけで、すべての〈子供〉たちに向けてのメッセージ、情報を送っている。〈子供〉のまま成長していくための基礎となるものを、手さぐりで探求しているわけだ！

だから、最後に、いま一度、はっきりと声を出して言わせてもらおうと思う。

「ぼくは、まだ、まぎれもない、子供です」と。

単行本『抱きしめたい』あとがき

文章を書くことは、とても楽しい作業だ。もちろん、たいへんに苦しんで、やっとのことでしぼりだすように書いたこともある。しかし基本的には、人間にとって、こうしたかたちで自己を表現することは喜びなのだと思う。だから、書いていて、つらいと思ったことは、ただの一度もなかった。

ここに集められた文章は、「抱きしめたい」を除いてすべて雑誌に一度発表したものである。本にするに際し、若干手を入れたものが多い。読み返してみると、この四年間にぼくがなにを考えていたのかが、おそろしいほどよく理解されて、ある意味で、いやになってしまう。まだまだだ、と思う部分もあるが、なかなかおもしろいと我ながらついのみこまれてしまうような文章もある。どれもが、ぼくの歴史につながっているのだ。

月刊誌「宝島」をつくっていくなかから、ぼくの核とも呼べるようなものが生まれ、さまざまな素敵なひとたちと知りあうことによって、やがてそれがこのように一冊の本というかたちを取ったのだ、と書いてしまうと、あまりにもつまらない。ここはひとつ、いかにも「あとがき」らしく、ぼくがなぜ文章を書くにいたったのかを、書いてみよう。

あるとても天気のよい日のお昼すこし前、片岡義男氏から電話がきた。もう、四年も前のことだ。こんど雑誌をやるので手伝ってくれないか、といった内容だったと思う。大学三年にもなったのに一切の就職運動をおこなっていなかったぼくには、まさしくそれは神の声だった。ぼくはそのまま「宝島編集部員」となり、以後四年間、文字どおり狂ったように雑誌を毎月一冊つくるという作業に追われるはめになってしまった。幸い、雑誌は評判もよく、ぼくはいつのまにか編集長になっていた。

だれでもそうだと思うのだが、二〇歳以下のひとたちは、なにかがこの地球上で起こりつつあることを感じている。そしてそれがやがて文化生活の主流を占めるものであることを知っているのだ。ぼくが書いてきたものは、多分、そのなにか、についてなのだと思う。フィクションではなく、現実につながっているイマジネーションを文字にしたものにすぎない。『宝島』の四年間にわたる仕事の整理もつき、編集長の地位を退いたぼくに、一冊の本が残ったというわけだ。この一冊は、しかし、ぼくの未来へとダイレクトにつながっている。

文章を書くことは、孤独な作業だといわれているが、ぼくの場合には、それはあてはまらない。すくなくともぼくには、とても素晴らしい仲間がいるのだから！『宝島』編集部の菅野彰子さん、渡辺行雄さん、村田洋子さん、青山貢さん、石井慎二さん、さらに多くの家族同様のつきあいをしているひとたち、『ビックリハウス』編集部の萩原朔美さんをはじめとする編集部の皆さん、そしてこの本をつくるにあたって協力をしていただいたイラストレーター及びカメラマンの皆さん、ぼくにアドヴァイスを与えてくれた伊藤ノブさん、そしてこれを読んでいただいたあなたに、ぼくは感謝をしています。一人では、とてもこんなことはできっこなく、また、する気にもなれないぼくを、なんとかはげましてくれた大和書房の皆さまにも、心よりのお礼を！　また、どこかでお逢いしましょう。これからもよろしく。

LOVE

第Ⅱ部　『湘南』『雲のごとくリアルに』より

『湘南』より

美しい心・美しい浜辺

Someday Shonan Will Be A Paradise

空の四つの角

湘南にやってきた日がもし雨降りだったら、きみは土地のスピリットに愛されていると思ったほうがいい。雨はそれまでの汚れを洗い流してくれる浄めの雨なのだから。その日がもし晴れていたら、きみは当然そこに息づいているあらゆるもの――足のあるもの、根のあるもの、翼のあるもの、石ころや大地や海のすべて――から祝福されているのだ。

顔を上に向けてごらん。歌いながら空の四つの角をくるくると回って舞い上がり、舞い降りる数羽のトビだって、きみがやってきたことを喜んでいる。目にみえず、お金では買うこともできない〝なにか〟を求めてやってきたきみが、満足感をここで味わうためには、なによりも自分がどこにいまいるのかを知らなくてはならない。

ドン・ファンの言うように「目に見えるところすべてがおまえのもの」なのだから。ここ湘南を自分のものにするための第一歩は、まず、なによりも、東・西・南・北をしっかりと身体で理解しておく必要がある。上下はわかっても、天の四つの方向は、とっさにはなかなかつかみにくい。磁石なんて、持っていなくても大丈夫さ。

よく晴れて見晴らしのいい日と仮定しておく。きみは、聖なる岩、江の島の燈台にのぼっているとしよう。

湘南で忘れてはいけないことのひとつは、たいていのところで、南が海だということだ。三浦半島が東、富士のお山は西、大山など海に近い山のある方が北となる。

夏は南の海からやってくる。北からはものを浄める風が、東京のスモッグを運んできて、風景をかすませてしまう。朝の光は東、西には雷が住んでいて、わたしたちに雨をおくってくれる。そして、南からものを育てる力が、雲のごとく湧きあがる。なにはともあれ、この宇宙という丸いもののなかに厳然として存在する四つの角《コーナー》に秘められている力に、心からの感謝をささげよう。

これは、どこでもいまきみがいるところで、まずやっておくべき儀式のひとつなのだ。

ロコであることは、なによりも大地の力と、その四つの力とを、存分に利用させていただくということであると思う。

きみが、この湘南のなかで、他人がどう思うかはともかく、自分はこの地点《ポイント》が好きだと確信できる場所を発見できたら、その場所に何度もいき、どんな木や草が生えているか、どんな虫や鳥や、いかなる種類の人間がやってきているのかを知ると同時に、その地点の東西南北を頭に焼きつけ、そこの場所じゃないところで生活しているときに、いつでも時間をみつけては東西南北にあわせて坐り、目をつぶって、意識のなかであの地点に帰るようにしなくてはいけない。そうすることで、きみは自分がなんで〝いま・ここ〟にいて、わざわざ湘南の〝あの場所〟にかよったのかという、学校では決して学べない人生上の難問に答えを見いだすかもしれない。

日本では古くから、東北と西南が鬼門とされていて、よくない方角とされてきたが、湘南でも、南西から風がふいて、天城山が風を送ってくると、例の飛砂というやつがひどくて、海も海岸も家も車も汚れてしまう。砂とともに、塩も飛んでくるからだ。これが、世にいう、湘南の塩害である。きみ、こんな日に車でやってくるとは、きっと日頃の行ないにいけないところがあるのですよ。早く帰って、よおく車を水で洗ってあげないとかわいそうだぞ。

サンセット＆サンライズ

もちろん夕陽なんてものは、どこでても見ることができるだろう。そんなことはわかっている。しかし、知りあいのパーティーみたいなもので、どこに行っても楽しめるというものでもない。みんながわざわざ夕陽を見るために集まるなんてこともない。でも、でもである。湘南となると、いささか話は違ってくる。サーファーたちがいくぶんがっかりしたように言うオンショアの風の日、つまり、海から陸に向かって風が吹いて波があまり立たないとき、要するに湘南では南風の日、そういうときには、サンセットを見るためのポイントを求めて車をはしらせるひとが増えている。

やがて空気も澄んできて、天空のショーが開始されるのだ。みんなは息をのんでこの時をすごす。ただならないことが起きているのを実感し、生きているということを確認できるときである。そして、湘南ボーイは、こんなとき、いつも思うのだ。〝きみがここにいればよかったのに〟と。

なんとなくさみしく、人恋しくなってきた頃、夜もとっぷりと暮れて、海岸線に光がともっている、という具合なのである。

さて、一方、湘南の夜明けはいかに？

もちろん、夕陽と同様に、こいつも最高だ。とくに湘南平、大磯の港の突堤、それにあのパシフィック・ホテルの八〇八号室から見る朝陽なんか、言葉を失うくらいだ。ありがたくって、涙がこぼれる。

お月様

ウイークデイの湘南。夜。休日じゃないし、別に特別なことがどこかで起きているというわけでもない。一台の車が、数名の男女を乗せて、一三四号線を疾走してる。みんなイイ顔をしてるのだ。時どき笑い出しそうになったり。おまわりさんも、もう寝ているのか、あたりは静かだ。車は、海岸の駐車場に入り、元気よく笑いながら、みんながおりてくる。浜辺に向かって駆け出すやつもいる。宇宙がクックッと笑ってる。

なにもしらないひとは、「いったいこの夜の夜中になんなのかね?」と尋ねるかもしれない。

すると彼らはこう答えるだろう。天を指さして、「満月だぜ!」

湘南では、ちかごろ、月が満ちると、いろんな理由から、いろんなことが起こる。仲間とのパーティー。犬がほえ、人がほえ、みんなが恋におちる。相模湾に浮かぶ満月を見ながら、月に一度のパーティー。イイゼ。

海の世界

おじさん、海は男の世界ですか？

ただ観光やドライブできてるひとの目には見えないだろうけど、湘南のあたりは、もともと漁村だったところだ。

漁港もあるし、漁師だって、まだけっこうがんばっている。サーファーがやってきて以来、ここでは海の主役が入れかわってしまった感があるけれど、そこはそれ、もとのキタエ方がちがう。

それに、相模湾のあたりは、夏は黒潮にのり、冬は親潮にのって、たくさんの種類の魚がやってくるところで、江の島水族館の調査では、約九百種もがこの相模湾にすんでいるという。

サーファーの元気の良いのにくらべて、しかし漁師さんたちは、このところさみしそうだ。海が汚れたこともあるし、大手による乱獲で、昔ほど魚がとれなくなってきたからだ。しかたないんで釣舟をしたてて、街からスポーツ・フィッシングを楽しみにくる釣り人たちを相手にしこしこ稼いだりもしてるけど、あまり見とおしもよくない。

湘南で食べられるおいしい魚料理だなんていっても、みんな築地やら三浦で仕入れてくるものだし、それに江の島名物〝さざえのつぼ焼〟だって、きみ、日本でとれたものじゃないんだ。

こんな現状だから、漁師さんの表情が暗いかっていうと、ところがそうじゃない。みんなおっかなそうだけど、なんとか生きぬいている。きみも、海を守ってきた男の境地みたいなものを見習ってほしい。サーファーを先頭にして、再び海を守ろうという機運が高まりつつあるいまこそ、海の男たちの知恵と勇気が必要とされるのではないだろうか？

思い出の渚で車をおりて

いちども砂浜に立つことなく、湘南をあとにするなんて、悲しいことだ。きみは自分の好きな浜辺を発見するべきだ。車を降りて、ビーチを歩いてみよう。そこはすごくゴミで汚れているかもしれない。しかしそんななかで、美しく輝く貝殻をみつけることもある。

わたしたちは、湘南を愛することをとおして、地球を愛することを学ばなくてはならない。すくなくとも、きみはここにいるのだから。

地球を愛するとき、きみは自分の最愛の恋人を愛するように、同じ感情の力をこめて愛さなくてはいけない。このことができるようになったら、きみは自分自身を変えることができるし、地球を変える力にもなれるし、湘南をより美しくできる。

生まれついて、ごく自然に、地球を恋人のように愛せるひともいるけれど、そうじゃないひとは、ある特定の——自分だけの——場所で、自分のすべてを地球に与えるそのやり方を勉強しなくてはならない。その意味でも、きみは自分の場所をみつけなくてはいけないのだ。

それはきっとある。自分が気持ち良くなれる土地を、まずみつけることだ。岬の先端でもいいし、思い出の渚でもかまわない。自分が、ここなら安心していられて、守られていて、愛されていると確信できるそんなスペースが必要なのだ。

心の命ずるままに、その場所にいく。できるなら、朝まだき、人のいない時間に。そんな時間、浜辺にひとりで立ったことがあるだろうか？　明けの明星をその場所で見つめてごらん。大きく息を吸いたまえ。東のはずれから、夜が明けてくる。

その土地に必ずいるスピリットに、いつも気持ちを良くしてくれてありがとうと、声を出して——恥ずかしがることはないから——言ってみる。本気で、つまり冗談じゃなく、これをやり続けることができるくらいに辛抱強ければ、ある日、きみは気づくだろう。自分のハートがその土地いっぱいにひろがっていることに。

そのときはじめて、きみは恋人の顔をのぞきこむように、湘南を、地球を見ることができるようになる。

思い出の渚で車を降りて、存分にそこを歩きまわってみたまえ。なるほどゴミで汚れきっているかもしれないが、そのおくに決して汚れることのない地球が息づいていることが、きみにはわかるはずだ。

そこで、美しい小石や、形のいい貝殻をひとつ見つけて、長くお守りにしておこう。きっときみを悪いスピリットから守ってくれる。きみは、自分が愛されていることを知ったのだ。湘南を愛する。浜辺を愛する。ほんとうに地球を愛するためのレッスン1《ワン》はこれで終わりだ。もしそれができたら、次のことは自然におこるだろう。待つことだ。

『雲のごとくリアルに』より
ほんとうのことを伝える文体《スタイル》が必要だった

長いこと活字の世界を生きてきた。活版印刷の時代が終わる直前に活字の世界に飛び込み、原稿用紙の四角い枡をひとつひとつ手書きの文字で埋めていく作業をあたりまえのように受け入れた昔から、輪転機とインクの香り漂う写植オフセット印刷の時代を経て、デスクトップ・パブリッシングを可能にするパーソナル・コンピュータのワードプロセッサーという道具で個人が活字を自在に操れるようになって、インターネットの網の上でブログの時代がはじまる以前から、活字で自己表現をすることをぼくは生業としてきた。

活字は今もかわることなくぼくを世界とつなげる媒介の働きをしてくれている。音楽少年にとってエレキギターが武器であったように、コンピュータ（とその機能の一部であるワードプロセッサー）は（かつて活字少年だった）ぼくにとっては自己を解放するための武器であり続けている。自分には伝えなくてはならないことがあると、いつのころからか信じ、口から耳へと声で伝えることの大切さに気がついた今でも、映像の力を教えられた今でも、それでも活字をぼくは必要としている。自分がどのようにして活字の世界のなかに足を踏み入れ、その世界のなかで生き延びる方法を獲得してきたのかについて、なんとか次世代に伝えたいものだとかねがね考えてきた。

文字はもともとはそれを読む人間を支配するための道具として発明されたとぼくは考えている。グーテンベルグが活版印刷を発明して以来、これ見よがしに活字にされた文字は、紙に話をさせて人を操るための道具として使われてきた。二十世紀後半に活版印刷の時代が終焉を迎え、タイプライターによって、あるいはパーソナルコンピュータによって活字が個人に解放されると、印刷機から解放された活字の不思議な力もまた特別な人たちのものからすべての人のものへとゆるりと転換された。

気がつけば誰もが活字を自己表現の媒介として使えるようになった時代をぼくたちは生きている。手書きの文字が力を得る反面、活字は解放に向かう途上にある。ぼくたちは活字との新しいつきあい方を求められはじめた時代を生きつつある。パーソナルなメディアの時代をだ。そうした時代に活字の世界に求められるのは、活字を操る能力と、活字によって表現されたもの全体を再構成していく編集の能力であることは間違いない。メジャーな古いタイプの雑誌が、大物作家と著名人の名前が目次に並べられた雑誌が、インターネットの時代に押されるように衰退していく直前、パーソナルなメディアを予見させるようにさまざまな「若い雑誌」がいくつか花を咲かせた七〇年代に、時代の子としてのぼくは結果的に等身大のメディアを作る作業に悪戦苦闘しつつ没頭していた。

世界が大きな変化にのまれつつあった時代、活字が解放されて個人のものとして利用できるようになる少し前の時代、新しい意識の波に乗り自分たちの世代のことを自分たちの言葉で語る最初のメディアを模索しはじめたぼくたちがどのようにして時代の波に危ういバランスで乗っていたのかを、インターネットで自己表現が解放されて以後を生きる君に話しておきたいと思った。そしてそうした自分のことを語るのにもっともふさわしいスタイルで書こうと考えた。ぼくはこの『雲のごとくリアルに』を「自然発生的散文」と個人的に分類している。別の言葉でいえば、その時の意識の流れにできるだけ正直に逆らわないようにして、一度書くべきことが決まったら句読点や文の切れ目などに気をとられずに一気に書けるだけ書いて言葉を積み上げていく「無作為の散文」というスタイルで、このさながらジャズやロックのインプロビゼーションように現実を取り込む正直な文章のスタイルを創り出したのは、記憶に間違えがなければばかのジャック・ケルアックである。

アメリカの七〇年代の友人のひとりが「書くことは宇宙とファックすることだ」とぼくに言ったことがある。自然発生的な、書きはじめたら成りゆきに逆らわない散文とは、まさしくそれではないかと思っている。この文章のスタイルはじきにニュージャーナリズムを生み、ゲイ・タリーズ、トム・ウルフ、ハンター・S・トンプソン、ノーマン・メイラーらのジャーナリストや作家らによってノンフィクションと小説の壁に穴があけられ、そこからあふれ出した言葉のスタイルが時をおかずして若き報告者たちによって、リアルなもののあふれる現場に持ち出されて、アメリカではやがて『ローリング・ストーン』誌など新時代の雑誌のライティング・スタイルへと結晶化していく。活字の世界で生きるようになって以来、書くことの快感に引きずられるように、ぼくはさまざまな雑誌メディアで、広告という危険な匂いのするところには用心深く立ち入らないようにしつつ、自分たちの世代の言葉を語る文体を模索してきた。書く人間の意識がどのように文体に乗って活字の並びを通して読む人間の頭や心に届いていくのかを、たとえば「自由」や「差別」についてを政治的な文脈ではなく詩のように伝えられる文体を探してきた。

二十一世紀になって、再び自分たちの言葉で話そうとするフリーペーパーやインディーズ・パブリッシングやファンジンといったニュータイプの既成概念に囚われない媒体の萌芽も見られる。活字の持つ力を信じる新しい世代が生まれつつあるような印象も受ける。なによりもまず、その世界で生きようとするものは伝えるべきものを獲得し、それを表現する自分たちの、時代を切り開いていくための意識の乗り物としての文体を作りあげなくてはならない。そして時代の息吹を――「今」と「ここ」とを――胸いっぱいに吸い込んでおもいきりハイになり、自分たちが没入できる媒体を誕生させ、そのなかを意識の流れにしたがってキーボードからあふれ出す活字で満たしてやる必要がある。

七〇年代というイノセントな時代にぼくたちが産み出そうとしたものが、欲に目をくらませた薄汚れた大人たちの手でゆっくりとその向かう方向を変えられてしまったことは否定できない。しかしそれでもなにかが残された。感性に正直になって自分たちにとってほんとうだと思えることを活字に託して伝える若者らしい行為が、結果としてゴミではないなにかを残すことを、ぼくは信じる。自分たちが自由になるための道具としてデジタルな活字たちを使う日のために、あの時代というものをぼくの頭がどのように感じ取っていたのかを正直な意識の流れで話すことは、けして無駄ではないことのように思える。いくら映像が主流の時代となり、映像しか見ない人たちが増えたとしても、ハートからあふれ出す言葉で自分たちを自由にできなければ、時代を変えることなどできるわけがないのだから。キーボードを叩け。そしてあふれ出す活字で時代を編集してみせてほしい。

ぼくはいまだに正直なメディアの登場を夢見ている。

01

しらじらしい演技はやめにして、仮面を脱ぎ捨てて、そしてリアルに

　これまでに自分がなにをやってきたのか、あるいは「やらされてきた」（誰に？）のかを振り返るのは、かなりの「旅」である。それはある意味においては「自分は誰かを探す極めて個人的な経験」だったからだ。なにしろ「自分らしくふるまえ」と誰かが君にむかって言う時、その「自分らしくある状態」とはふつう「しらじらしい演技はやめにして、仮面を脱ぎ捨てて、そしてリアルであれ」ということを意味するわけ。じゃあいったい「リアル」とはなんなのか？　そいつは簡単なようでいて実はむずかしい質問だ。リアルであることは「大人になること」をまったく意味しない。ちっともリアルでない大人たちの方が多いくらいなのだから。それはしかし「子供である」こととも関係ない。そもそも「大人」と「子供」の区別など「生命」のレベルか

らすれば存在しない。でも子供はたいていいつもなにかになろうとしてわれを忘れている。リアルじゃない大人たちがよってたかって子供をなにかにならそうとしているような、みんなが同じでなくてはならない「日本というシステム」は、幼稚であるばかりか、時代遅れで、とてつもない罠なのだ！　ここでは、なにかになる必要はないのだと気がつくまで、ひとはなにかをやり続ける。壁のない牢屋じゃないのか？　いつも「なにかになろうと一生懸命」で「自分であろう」などとはすこしも考えたりしないのだ。たまらないですよ、これは。いそがしすぎて、死ぬまでそんな時間はまずないのだから。いやもともと「自分であること」は必要ないのがこの国の仕組みなわけ。こんなことを理解するまでぼくは実に長い距離を旅し、遠くまで行ってきた。でも遠くまで行ってきたすべての人間が、しかしそのことを理解しているかどうかは疑問だがね。世界のどこからも遠いところまで行っても、まだ帰国してからなにになるかを考えている輩も多いようだし。

聞いた話ではアメリカというシステムにおいては、九〇年代以降のキーワードのひとつが「精神的な成長」だそうだが、そのためには「すっぴんの自分である」ことが前提で、これがいつのまにか単なる「神さまや霊に遭いたい症候群」になってしまうのが日本という悲しいシステムだもの。生まれてこの方ぼくたちはずうっとなにかになろうとしてきているわけだから、リアルであるのは至難の技なのよ。いつもなにかになろうとしてほんとうの自分をどこかに置き忘れているから。それは例えていうなら壁のない牢獄で無期懲役のまま生かされている囚人みたいなものなの。もう気が遠くなるぐらい長いこと「自由」を知らないわけ。だってそうだろ、リアルであるためには「なにか特別なことをする必要」などこれっぽっちもないのだからさ。たくさんの本を読んで「いかにすればリアルになれるのか」をいくら学んだところで、それで学者にはなれるかもしれないけれど、実際そんなものは糞の役にもたたないわけ。だから「リアルになる」というのも罠なわけ。「リアルでいる」「リアルであり続ける」こと。自由への第一歩として、それを今ぼくは君にこれから語ろうとしている。

ビートルズが『サージャントペパーズ』のアルバムをリリースした六八年の夏、ぼくは高校生で、それが今思えばリアルなものに触れた最初の瞬間だった。それ以前とそれ以後とはまったく人生が違ってしまっている。ぼくの人生の歯車が違う方向に回りだしたきっかけはロックによってもたらされた。それからが自分の人生といえるものだ。その当時のぼくは二十代前半で、気分的にはまだティーンエイジャーをずるずると引きずっていた。一九七三年に半ば談合みたいなものによって大学を卒業させられたのだが、四年間で大学の授業を受けた日数は百日余り。なにしろ入学式に出かけた大学はバリケード封鎖の真最中で解放区と化していて、以後三年ほどそのままの状態が続いたのだ。この夢のような静止した、おそろしくゆっくりと流れる時間のなかで自由の雰囲気を満喫できた幸福感にぼくは浸り切っていた。やりたいことはなんでもやってみたさ。まったくなにもしなくてよい日がそんなに続いたことからして、ぼくの人生が普通ではないことの証だろう。今の大学生にこんな話をしても信じてもらえるかどうかわからない。

08

それはほとんど手作業のようにしてかつ緻密に、まるで手工芸品のようにして作られていた

結局『ワンダーランド』という雑誌は、一九七三年の八月号と九月号の二冊しか出なかった。たった二号だけの運命だったし、たいして売れたわけでもないのだけれど、閉塞しつつあった時代をファンキーに、かつ自由に生きていた植草甚一氏というお爺さんに対するメディアにおける人気が高まりつつあったことも手伝って、世間においては、まあそれなりに話題にはされたようだ。実際それはたいそう狭い世間ではあったわけだけれど、いわゆる業界の人たちの評判や受けはすこぶる良い雑誌だった。まあそれも無理もないと思える。ある意味では、完璧を目指す姿勢を常に持ち続けた稀有な職人的な雑誌だったからだ。つまり「雑誌において完璧とはなにか」をあらかじめ知る人たちによって、それはほとんど手作業のようにしてかつ緻密に、まるで手工

芸品のようにして作られていたのである。その後ぼくはいろいろな雑誌の創刊とそして休刊に立ち会うことになるわけだが、あの時の『ワンダーランド』ほど完璧を目指す姿勢を持ち続けた雑誌をぼくは知らない。くりかえすが、はじめからそれはある種の太い美学によって貫かれていた。そうした姿勢を持つ職能集団の中にいたことは、ぼくにとってはかけがえのないほど幸運なことだった。結局、まだそれがなにかをそのころは理解もできていなかったけれど、今思えばあの常に完璧を目指す姿勢は、アーティストたちのもの以外のなにものでもなかったように思える。その雑誌は、事実上、親会社である犀のマークの晶文社によってコントロールとマネージングがなされていた。発売元は晶文社であり、その晶文社から『アウトロー・ブルース』（ポール・ウイリアムズ著）というロックの評論を前年に翻訳出版していたほんとうの編集長はアメリカにその姿を消したままで音信不通になったままだったから、晶文社から投入された津野海太郎氏が表向きはともかく初代の編集長を務めており、晶文社の本の装丁をしていた平野甲賀氏がアートディレクターをし、晶文社から本を出していた作家の片岡義男氏が雑誌のナビゲーションを務め、のちに演出家となった当時は著名な広告代理店の有能なコピーライターの高平哲郎氏がマネージングしていたが、彼の兄は晶文社の役員を務めていた。ことほど左様にそれは晶文社の雑誌だった。といって晶文社という出版社が大出版社であったわけではなく、噂では雑誌の運営資金は社長がギャンブルで調達しているという話がまことしやかに語られていた。津野海太郎氏は当時を代表する移動演劇集団の一つで、多くの有能な俳優を生み出した黒テントのプロデューサーでもあり、平野甲賀氏はその劇団のアートディレクターとしてもなくてはならない人だった。ぼくに雑誌の編集がどういうもので、編集者とはなにをする人間かということを教え込んでくれたのは、この津野海太郎氏らであった。だから『ワンダーランド』という雑誌には、当然ながらこの人たちと太いつながりのある人が多く登場することになる。ぼくはその雑誌の最年少の編集部員の一人として、取材をしたり、インタビューに出かけたり新聞のトピックニュースのような短い記事を書いては直されたり、会議をしたり、夜遅くまで編集部のあった東京赤坂のカナダ大使館わきにあった二階建ての民家でテープ起こしをしたりと忙しい日々を送っていた、と書くと美しいが、実際はそんなに美しいものではないような気がするな。とにかく忙しかった。いつもなにかが起こっているのだ。しかしその忙しさも、まだ序の口だったのだ。こっちは好奇心もあるし、怖い物知らずだったし、好きなものの勉強もしなくてはならない。とりあえずロックマガジンを目指しているのだが、その雑誌はロックを音楽という狭い枠組みにとらわれることなく、ロックを今起こりつつある新しい生き方として考察する雑誌にするために、アメリカやイギリスから送られてくる当時のロックマガジンをしこたま穴の開くように読み、その中にロックとはなにかの答えを見つけようとしていた。

しかし、ほんとのことをいうと、その時はまだロックの謎めいた部分がまだだれにもよく理解されていなかったのだと思う。ロックがなにかを身をもって体験していたのは、アメリカに行ったまま音信不通となり、日本人最初のヒッピーをアメリカで経験しつつあった名前だけの編集長だけだったのかもしれない。実際編集部における音楽の趣味は、後で考えると、ジャズとロックに大きく分かれており、ジャズを聴く人のほうが主流だった。それを世代の断絶と言っては語弊があるかもしれないが、そこには大きな埋められない溝があった。ジャズの世界からロックを見る人たちの目は常に批判的だった。ジャズは知性的であり、ロックは反知性的だと考えている人が多かった時代だが、すでにジャズの時代の終焉が見えはじめていた。ロックが圧倒的な音量でこの国を征服するまで、一番ヒップでかっこよいと考えられていたのが、実はジャズであり、ジャズ評論であり、ジャズ小説であったのだが、それに大きな穴を開けたのがロックンロールだった。ぼくが最初に音楽に関心を抱いたのは、ロックンロールがロックへと成長するプロセスになにがあったのかということだったから、ジャズの洗礼はまったく受けていない。当然そこにはビートルズがいたし、ビートルズに決定的な影響を与える存在としてのボブ・ディランがいた。晶文社はかねてよりジャズに関するそうした評論を多く出版していたが、そのころになるとロック評論などを片岡義男氏の影響もあって本にする試みをしていた。しかし共産主義が崩壊するなどとはまだだれも考えたこともなかったし、揺るぐことのない知性が存在すると考えられていた時代だった。植草甚一さんその人が、映画とジャズの評論で世の中に認められたのだから、その雑誌が最初からジャズという音楽の影響を大きく受けていたことは否定できない。もっとも植草さんは感度の良い人で、ぼくがはじめてお会いしたころにはすでにステージの上で観客に向かってマスターベーションをしてみせたあのジム・モリソンのいたドアーズをすでにほめていたし、ロック・カルチャーのバイブルの一つとなるカルロス・カスタネダを日本で一番早く雑誌に紹介したりしていた。で、ぼくがその雑誌ではじめて長い取材記事を書かされた対象は、鉄道とびこみで死んでしまった守安祥太郎という不世出の天才ジャズ・ピアノ・プレイヤーの話だったわけ。まったく知らなかった世界を見ておもしろかったとだけ言っておこう。あの時は有名なジャズ評論家などに話を聞いて回って、彼が死んでしまった夜のことに焦点を当てて記事を書いた。ぼくが自分の名前で発表した最初の文章が、それだった。きっとなにも知らなかったからあんなものを書けたのだと思う。七〇年代初頭は、日本においてはジャズからロックへの移行期にあった。学生運動とロックは日本ではほとんど手を結ぶことがなかった。まったくなかったわけではないが、ほとんどなかった。そしてその雑誌は時代の影響を見事に受けていた。そしてそれはぼくにとってはロックのお勉強の時代でもあった。ぼくはその『ワンダーランド』で、創刊号からある小説家の担当になった。佐藤信さんというもともとは黒テントの座つきの脚本家だった人で、津野海太郎氏が彼に小説を書かせることに、それもいきのいいロックンロール小説を書かせる計画を思いついたのだ。小説は、小説家が頭の中で書く。信さんは名うての遅筆の人で、いつでも死んだようになって原稿を書いていた。黒ずくめの服に身を包んで、いつも黒い革のブーツを履き、小柄でかっこよくやせていた。彼が『ワンダーランド』に書きはじめた小説は、『ワンダーランド』が創刊されたのと同じ年の二月二十八日にデビューして話題になっていた、実在の日本の四人組ロックンロールバンドを主人公にしたもので、タイトルはそのバンドの名前と、ロックンロールに敬意を表して「おお、キャロル!」といった。雑誌の小説にするために、毎号そのキャロルという名前の、リーゼント・ヘアに黒革の上下を着込んだロッカーたちのバンドの写真を掲載するという企画で、ぼくはその写真撮影の渉外係となり、彼らのステージやら日常をカメラマンとともに追いかける仕事を任された。そしてぼくはそこでキャロルというバンドがほとんどまだ知られていなかった時代から、急激に成長していくのを目撃したのだ。キャロルは日本が生んだ最初のロックンロール・バンドだったと、ぼくは自分の頭の中でいまだに認識している。まるで売れていないころのビートルズに会ったみたいな気分だったよ。それが矢沢永吉氏との最初の出会いでもあったわけだ。

15

「自分の生活の中に直接性を少しずつでも取り戻す」ためのマニュアル作りをはじめようではないか

「カルロス・カスタネダ」という名前をはじめて目にしたのは、六〇年代末に『話の特集』という雑誌の中に植草甚一さんが書かれたエッセイの中でのことだ。前にも少し触れたけれど、確か『エスクァイア』というアメリカの雑誌に、カルロス・カスタネダの書いた本の一部が掲載されて、大きな話題になっているといった話だったと記憶している。いや、ぼくが記憶しているのは、『エスクァイア』に掲載されていたという一枚の挿絵だったかもしれない。とにかく不思議な絵だった。モノクロのペン画で、大きな滝の水の流れの上で、一人の人物がおっこちもせずに宙に浮かんでいる——普通なら絶対にありえないような光景を描いた——絵だった。いったいなにを描いてあるのかと文章を読んでみたが、実際その植草さんが翻訳されたあらましを読んだだけでは、とても理解できるようなものではなかった。「カルロス・カスタネダがメキシコに実在する魔法使いから魔術を習った記録」として紹介されていたわけだが、その当時は個人的にもぼくはまだサイケデリックによる意識革命を経験していなかったし、植草さんだって、勘が良くて鼻のきく人だったから、膨大な雑誌の山の中からあの記事を選ぶことができただけで、今考えれば、やっぱりカスタネダの原稿の本質が理解できていたとはとても思えない。ただ重要なのは「アメリカで話題になっている」という一点だった。読んでもさっぱり理解できないようなものが、なんでベストセラーとなり大いに話題となっているのだろうと、ぼくは頭をひねった。なんでこの文章がぼくには理解できないのか？　そうこうするうちにさっそく一九七二年には問題の本の翻訳が日本でも出版されたが、はたせるかな最初の二年間は話題にすらならなかった。カスタネダの一連の著作は、サイケデリックについて誤解と偏見が渦巻いていた意識革命を体験することのなかった日本では、しょっぱなから不幸な受け止められ方をしてつまずいたようだ。これが良かったのか悪かったのかいまだにぼくにはよくわからない。カルロス・カスタネダという新進気鋭の文化人類学者がカリフォルニア大学の卒業論文として書き、その大学の出版部から一九六八年に発売された彼の十年間のフィールド・ワークの記録とされる『ヤキ（族）の知の道——ドン・ファンの教え』（邦題『呪術師と私——ドン・ファンの教え』一九七二）、そしてその続編としてメジャーの出版社からデビューした『分離したリアリティ』（邦題『呪術の体験――分離したリアリティ』一九七三）、『イクストランへの旅』（邦題『呪師に成る――イクストランへの旅』一九七四）という三冊の本が、しっかりとぼくの記憶に焼きついたのは一九七四年のことだった。この年、すでに「世界を変えた本」として世界では評価の定まりつつあったこれら三冊の本が、再デビューという形でまったく新しい装丁のもと日本の書店の棚に並べられたのである。前述のように、ぼくは当時もう密かにではあるがカンナビス（マリファナ）を体験していたし、この世界には人間の意識を変える物質――「幻覚性植物」というおどろおどろしい名前で呼ばれるもの――が存在するという秘密を知りはじめていた。そしてそうした秘密に触りはじめていたぼくがドン・ファンという本の中の人物とはっきりと「第三種遭遇」をしたと確信できたのは、この年のことだった。カスタネダの本を読むこと、それもストーンした意識の状態の中で読み進むこと、それはとてもスリリングで美しくもおそろしい体験だったが、それから何十年も経て改めて振り返れば、あれはまだとうてい理解などというものではなかったと思える。しかし当時は当時なりに、ぼくはそこに描き出されたペヨーテという幻覚性のサボテンの作り上げるメスカリトの世界に大層興奮した。今思えばさよう、その本こそがぼくにこの牢屋みたいな世界から外へ出ていくための扉の存在を指し示してくれた最初の存在だった。だからこの本の存在についてはどうしても書いておかなくてはならない。この本によって「文化人類学」という学問の存在をはじめて教えられて、十年、いや五年早く知っていれば、自分も「社会学」などというつまらない学問ではなく、この「文化人類学」こそを大学で勉強したかったと、正直いって少し後悔もさせられた記憶がある。

カルロス・カスタネダは、最初の『ドン・ファンの教え』を書いてから結局ドン・ファンに学んだことを十冊の本として公開するわけで、その内容については「ドン・ファン」という呪術師の存在すら疑問視したり、全部あるいは一部がフィクションであるとか、西洋や東洋の神秘主義の焼き直しであるとかする意見がないわけではないが、そのことがこの彼による一連の著作に表現されているもうひとつのリアリティをまったく否定できるようなものではないことは確かである。とりわけ大学の卒業論文として公開された一連のシリーズの最初の本とされる『ドン・ファンの教え』には、さながら世界を認識して生きるために必要な事項を、メモのように、世界の構造を分析するためのアウトラインが付録としてつけられていて、結局この部分がドン・ファンの伝えようとしたリアリティを要約して指し示しているものとなっているわけで、紹介すると役に立つ部分もあるかもしれない。カスタネダの本を読んだこともない人もいるだろうし、読んでみたいなと思いはじめている人もいるだろうから、さらにその欲求をプッシュするために、日本では二見書房という出版社から発売されているその本の日本語訳――真崎義博さんという、H・D・ソローの『森の生活』という古典を日本語化していただいて『宝島』とも関係の深い翻訳家によるストレートで嫌味のない読みやすい翻訳――のその部分から、いくつかピックアップしてみると、まず「知者になるのは学習の問題である」「知者の弟子は非個人的な力によって選ばれる」「力のなす決定は前兆を通して示される」などという言葉が並べられている。知者というのは「本をたくさん読んでいるようなエゴイスティックな知識人」のことではなく、簡単にいうなら「ほんとうのことを知る人間」のことで、知者になったからといって大学の入試が簡単になったり、就職が有利になるようなものとはまったく次元が異なる。知者とは「自分を変えることによって世界を変える」者でもあり、「世界の正しい見方を自分のものにした人間」のことである。そして知者の持ちものとして「不屈の意思」「しっかりした判断」「心の明晰さ」「特別な目的に関する知識」「柔軟さ」「恐怖心」「目覚めていること」「絶え間ない変化の認識」「自信」などがあげられている。そして「知者になることは止まることのない道程」であり「知者は知者への道の探求をくりかえさなければならない」とある。いずれにせよ、その時からぼくは、それが終わりのない旅であるということを認識することもないまま、変わりはじめていた――終わりのない道を歩きはじめていた――わけだが、相変わらず片方では雑誌の編集部で働くというおそろしく非日常的な日常生活は続いており、まだ誰も五十年近く続いていた「昭和」という時代が終わるなんてすこしも考えてもいなかったし、当然ながら自分が変わっているなどとはこれっぽっちもまだ認識はしていなかった。

カスタネダの著作、それはある意味で「サイケデリックなものにたいする踏み絵」のような本だといってよい。カスタネダの本について話をすることは、そのまま自分のサイケデリック体験について話すことであり、そのことはよく磨かれた鏡のようにその人間の本性を映し出した。頭の良い人間がその本のことを理解しているわけでもなかった。翻訳がいくらうまくても、頭でその体験を理解しようとしても、とてもじゃないが理解できない世界があった。オートバイに乗ったことがなくて、オートバイの話をしたり、サーフィンをしたことがなくてサーフィンの小説を書いたりするのと同様で、オートバイに乗る人や、サーファーにはその嘘がたちどころに伝わってしまう。嘘、よく言えば「フィクション」の介在を許さない「リアリティ」が存在するのだ。そうしたもうひとつの世界について理解していないということが、カスタネダについて話をするだけでも、たちどころに理解できた。その結果なにが起こったのかというと、日本では知識人と称される人たちの多くが、この本にたいする判断を停止して黙りこくってしまったのである。あの時この一連の本を前にして黙りこくってしまった知識人や学者という人たちの「知識」や「学問」を、ぼくはいまだに信用していない。もちろん、ぼくのカスタネダの読み方が絶対的に正しかったなどとは思ってはいないということは、ぼくが君にカンナビスやメスカリトをおもしろ半分に勧めているわけではないということと同様、ここではっきりと伝えておきたい。またカスタネダが調査対象にしたヤキ族というのが、アメリカ・インディアン（アメリカ大陸の先住民）の部族のひとつであるという認識も、そのころにはぼくにもまだできていなかったし、血気にはやる二十代後半のころだったからこちらも世界を変えることに夢中になったあまり、幻覚性植物のことにばかり頭が勝手に向かっていく自分を当時はおさえられなかったことも事実だ。しかし、ぼくの頭の中には、アメリカの南西部にひろがるソノーラ砂漠という名前と、呪術師のドン・ファンがカスタネダに向かって「世界には自分にとっての良い場所と悪い場所が無数にあり、それを見つけられるようにならなくてはならない」と説いた最初の教えが、まだ見ぬ砂漠の白い雲の浮かぶ光景とともに、その時しっかりと焼きつけられていた。そしてそれ以後のぼくの長い旅は、この自分にとって力となってくれる「最良の場所」を探し求めながら、自分の力を奪い去るような場所をいち早く発見してそれを避けることに費やされることになっていく。

もうひとりのカルロスであるあのカルロス・サンタナが「ブラック・マジック・ウーマン」の大ヒットの後で「不死蝶」というアルバムをリリースした年、ぼくの一九七四年はそうやってカルロス・カスタネダとともにはじまり、カルロス・カスタネダの二冊目、三冊目の著作とともに無事に終わる予定だったのだが、ところが非個人的な力にもてあそばれるかのように、なんの因果か運命のギアがこの年に大きく入れ替わっていた。やはりというか、はたせるかなというか、経営の危機というか、販売売り上げの数も伸びないまま『宝島』の運営が暗礁に乗り上げつつあったのだ。ぼくにはのんびりと自分の場所を探しているような暇はなくなった。この年の秋口には雑誌の再度のリニューアルも公然と囁き出されていた。発行元のＪＩＣＣからの圧力も強まりつつあった。打開策を模索して編集会議が何度もひらかれた。そして、この年の年末には、大きな改革の波が赤坂八丁目にある編集部を襲った。この波は、ある意味では当時の世界を被っていた文化革命の影響をもろに受けたものだといえなくもない。そぼくから言わせれば、それは古い価値観と新しい価値観の最後の戦いがはじまったようなものだった。なにかがはじまるためには、なにかが終わらなくてはならない。そのなにかが終わって、次にやってくるもののために道を開けなければならないのだ。それに若者向けの雑誌も戦国時代を迎えていた。アメリカからやってきた『ローリング・ストーン』がレコード会社の広告を幅広く集めていた。同じロックマガジンなら、レコード会社としても広告を出すのはネーム・バリューのあるほうがいいにきまっている。ぼくたちの『宝島』は大きく変わらなくてはならなくなった。編集長をしていた高平哲郎さんをのぞいて晶文社の影響力を排除しようという試みが公然とおこなわれた。大幅な人員の削減が断行されて晶文社色が一掃されてその年の十一月に編集され、十二月に書店に並んだ『宝島』の一九七五年一月号は「誌面一新大躍進号」と銘打たれていた。三十代以上向けの企画と、二十代や十代向けの企画が見事に色分けされており、それはまったくもって当時の状況——なんの？　編集部の！——を見事に映し出した編集がなされていた。大特集は「シティボーイ宣言」というものだった。このコンセプトを提言したのは片岡義男さんだったが、企画をまとめるのはぼくに一任された。「どうしようもなく都市で生きなくてはならない世代」をはっきりと読者対象として絞り込む時がきた、という認識が編集部には生まれつつあったことは間違いない。これはつまりぼくたちが新しい雑誌の読者の基盤を都市で育った人間にシフトするとはっきり認識した瞬間でもあった。そのシティボーイ宣言は、都会の子であることを運命づけられた最初のぼくたちの世代を「直接性をあらかじめ喪失した都市生活者」と認識するところからはじまっている。宣言はこう書く。「ピーナツ・バターが農村の人たちのための保存食ではなく、都会の人たちのための消費物資となったとき、そこに都市が成立する。都市に住む人びとは、間接的な生活者なのだ。そしてこの間接性は、おカネが支えている」と。「おカネを支払えばたいていのものは手に入るが、ものごとの真実には直接手で触れることができない」そしてこの自覚の上に立って「自分の生活の中に直接性を少しずつでも取り戻す」ためのマニュアル作りをはじめようではないかと続く。だからまずそれまでのイメージを一新するために、ぼくはカバーイラストをイラストレイターの大橋歩さんにお願いした。これはぼくが直接恐れも知らずに頼みに出かけた。なぜ大橋歩さんのイラストだったかというと、ぼくたちの世代が今はなき『平凡パンチ』という男性週刊誌で育った最初の年代だったからというしかない。『平凡パンチ』は製作者がそれを意識したかどうかはさておき、都市で育った若者達にとっては時代を生きるための教典のようなメディアだった。その若者向け週刊誌できわだっていたものが表紙であり、『平凡パンチ』の表紙を一貫して描き続けたのが大橋歩さんだった。彼女はぼくの話を聞くと二つ返事で表紙を描くことを承諾してくれた。もう一度若者向けの雑誌の表紙を描いてみたかったのだとも言ってくれた。そして彼女が誌面一新大躍進号のために描いてくれたものは、ブルージーンズにレッドウイングのワークブーツをはいた脚が「なにかを蹴っ飛ばしている」図だった。彼女は、『平凡パンチ』では表現できなかったような新しいスタイルでぼくたちの考えていることを見事に表現してくれていた。そして変わったのは表紙だけではなかった。雑誌の紙も、ざら紙になった。全体のページ数を減らしたことをごまかす作戦でもあったが、ざら紙にすることで手に持ったときの感覚がずいぶんと軽くなり、軽くなったぶんだけ自由に少し近づけたような気がした。企画全体もはっきりと二つに分かれていた。それまでの「宝島」的なものの残滓が半分で、残りがシティ・ボーイの特集だった。シティ・ボーイの特集は、「文明の終わり」「地球そのものの崩壊」という巨大な絶望を、いつでも視界の片隅に入れておくことを、おそらく日本のどのメディアよりもはやく、コマーシャルではない地点から訴えかける特集でもあった。「どう考えても、もう救いようなどのない文明のなかにとりこまれてしまっているぼくたちには、もはやなにものもない。そう思ってあたりをながめると、そこには、大量生産システムから送り出されてくる安価な商品だけがある。どうにでもなれといった、やけっぱちで、考えてみれば消極的な自己認識のうえにたつシティ・ボーイなのではなく、むしろ、ぼくたちにはすでに自然などというものはなくて、システムの最末端としての商品しかないのであり、だからこそそのような末端商品を馬鹿にすることなく、ぼくたちシティ・ボーイはぼくたちの技術・思想をつくり出していかなければならないのだ。資本主義とは、ものを買うことによって成りたっている社会なのだから、それをいつのまにか買わされていたシティ・ボーイが、あるとき目覚めると、世界は音をたてて一変する」（『宝島』シティボーイ宣言・一九七五年一月号より抜粋）

ぼくはこの号ではじめて「北山耕平」というペンネームを使って「ホールデン・コールフィールドと二五％のビートルズ」という自分のことを語る文章を書いた。北山耕平が誕生したのはこの号からだった。「ビートルズが日本にやってきたとき、ぼくは十六歳だった」という文章ではじまって、サリンジャーの『ライ麦畑でつかまえて』という本の主人公と、ビートルズの四人と、二十五歳になった自分のことをできる限り正直にあらいざらい書いてみた。もちろん、原稿料などなかったが、この時の原稿のおかげで、社会的にぼくはすっかりシティ・ボーイの代表としてみなされるようになる。時代はあわただしく動きはじめた。のんびりストーンして空を流れる雲を見ているような時間は、永遠に失われたかのように思えた。やれやれ、ではないか。動乱の一九七五年は、ぼくの場合、前年の末には一足早くはじまっていたのだ。ぼくはこの年二十六歳を迎えた。そしてここまでが、ぼくが君に語ろうとしている長い長い話の序章にあたる部分なのだ。

未完

解説　共有という価値観

内田正洋

一九七六年、ぼくは二十歳。学生生活も二年目から三年目になり、大海原へと向かう夢に邁進していた。世界の海を旅する遠洋マグロ延縄漁船の航海士になり、世界へと羽ばたくぜ、と強烈に入れ込む海洋男児だった。マグロの群れを追い、世界中の海を巡り、世界中の港へ寄り、世界と直接つながることを本気で目指していた。

そんな二十歳の夢見る海洋男児にとって、この年が大きな節目だったことは、それから三十年あまりが過ぎた頃にようやく理解できたことだ。この七六年、アメリカ建国二百周年でもあり、前年にベトナム戦争が終わり、海洋男児がいた横須賀の街も大きく様変わりしようとしていた。

当時のぼくは、東京は世田谷区下馬にある大学（日本大学農獣医学部水産学科）にはあまり行かず、横須賀の防衛大学校の下にあったカッター部の合宿所で暮らしていた。そこはかつての陸軍重砲兵学校の跡地で、大学の臨海実験所でもありカッター部の合宿所にもなっていた。カッターというのは、十二人で漕ぐ大型のボートのこと。船乗りになろうとする者は、今でもカッター漕ぎを経験させられるのだが、カッター部員は、そのスペシャリストであり、船乗りになるための素養が訓練で磨かれるから、大学では特別扱いされていた。

なにしろ毎朝四時に起床して海を漕ぎ、朝食後には世田谷の大学まで電車で行き、夕方になると再び戻ってきて海を漕ぐという生活。大学近くにアパートは借りてあったけど、年の半分は合宿所にいたし、そのうち横須賀のドブ板通り（米軍ベース正門の対面にある商店街）でアルバイトを始めたものだから、学校に行く暇がなくなっていった。でも、毎日、毎日、海へ漕ぎ出す生活は継続していた。漕ぐのが楽しくてしょうがない青春だった。

そんな生活に、ある雑誌の創刊が、ぼくの人生にさらなるインパクトを与えた。それが一九七六年だったのだけど、今回解説というか巻末エッセイみたいなものを北山耕平さんに書いてくれと言われ、ゲラを読んだら、なんとまぁ元は七六年に出版されたものじゃないか。やはり、一九七六年は、時間軸が音を立てて横へズレた年だったと、相当本気で思えてきた。ちなみにその雑誌、ＰＯＰＥＹＥなるタイトルで、様変わりはしたものの現在も発刊され続けているから驚く。当時、耕平さんはこの雑誌の中にいて、活字となった彼の価値観がぼくに新たな水平線や地平線を探すよう促していた。

耕平さんと初めて会ったのは、それからずいぶん後のことで、伊豆半島の山の上

（修善寺だったか？）に彼が住んでいた頃。そろそろ二十世紀が終わろうとする頃だった。今は亡きカミさんと二人して彼の家を訪ね、直接思いを伝えたような記憶がある。耕平さんと直接のつながりがあったのはデザイナーだったカミさんの方だったけど（たぶんパルコ出版の『ビックリハウス』絡み）、七六年以来、ぼくの生き方に影響を与えていた本人に直接会うのは、雲上の人、いやいや、成層圏の上にいる笑雲の人との直接対話であり、ぼくのネイティブなマインドがより開かれたのは間違いないことだった。

後から知ったのだけど、耕平さんは、七六年から八〇年まで亀の島、北アメリカ大陸に暮らしながら放浪していた。そこでの運命的出会いを経て、名著『ネイティブ・マインド』を書き上げた。ぼくはといえば、七九年から八〇年にかけて、その亀の島を十六万キロに渡ってクルマをドライヴしていた。東京のテレビ放送局の番組取材チームを運ぶドライヴァーだった。メキシコからカナダ、アメリカ全州をドライヴし、八〇年秋になると中東を走っていて戦争に遭遇した。

海洋男児が、なぜか亀の島をドライヴすることになったのは、海洋、特に遠洋漁業の世界が激変したからだ。四年生になった七七年、世界の海に漁業専管水域という海の管轄権が生まれた。今でいう排他的経済水域（ＥＥＺ）の枠組みが始まり、沿岸国の沖合二百海里まではその国の管轄となり、要は遠洋漁業が世界的に排除されることになったのだ。それまで日本の国策だった遠洋マグロ延縄漁が、卒業を目前にした年に突然終わりを告げたのである。

「あれま！」とぼくは、人生を変針せざるを得なくなってしまったのだけど、大陸をクルマでドライヴしながらテレビ取材をするという仕事にありつき、最初の仕事が亀の島で、耕平さんがレポートしていた世界を縦横に旅する機会となったから実にツイていた。七六年の『POPEYE』との出会いが、その道を開いたという確信もある。そんな仕事にありついたことで、後に『POPEYE』誌上で紹介されたことだってあった。

そしてその後のぼくは、サハラ沙漠を縦横断するラリーに八度出場し、その間には南北アメリカ大陸をオートバイで縦断したり、ユーラシア大陸をクルマで横断したりと、大陸世界を走り続けた。そして一九八七年、極北の民、エスキモーの漁猟舟だった皮舟（カヤック）を旅の道具に再創造したシーカヤックと出会う。以来三十五年間シーカヤックで海旅をしながら、湘南の、南のはずれにある町に暮らしている。そんなぼくが、ここにまで至った理由、それが本書のあちこちに鏤められているのである。あまりにも多くの珠玉の活字がここに置かれているのだけど、まぁひとつだけ。

哲学者！　オズワルドが言う。「教えてるんじゃない。共有しあいたいんだ」（一五七頁）

ようやくこの歳になって気付いたことを、四十六年も前に活字にしていたなんて。きっと君にも生き方を教える、いや共有できる価値が、ここには間違いなくあるんだよ。

うちだ・まさひろ　一九五六年、長崎県大村市生まれ。シーカヤッカー、海洋ジャーナリスト。ジャパンエコトラック推進協議会理事。日本レクリエーショナルカヌー協会理事。八二年からパリ・ダカールに八回参戦。八七年からは日本にシーカヤック文化を紹介する牽引役となる。数々のシーカヤック遠征などを経て、二〇〇八年からは東京海洋大学などの非常勤講師としてシーカヤックを教えている。

推薦文

「カスタネダが開けた扉を北山さんも通った。僕もだ」

細野晴臣

「16歳の頃。「シティ・ボーイ」とは何か。北山耕平が教えてくれた。彼は数少ない〝信じられる〟大人《おとな》のひとりだった」

佐野元春

「波長が合いそうな北山さんとお酒をゆっくり飲みながら話をしたい」

ピーター・バラカン

プロフィール

北山耕平

一九四九年神奈川県藤沢市生まれ。『WonderLand』（のち『宝島』と改称）創刊メンバー。一九七五―一九七六年『宝島』編集長。『POPEYE』創刊（一九七六年）に参加後、渡米。同誌特派員として五年間アメリカ・ロサンゼルスに居住。七〇年代後半の西海岸で「ニューエイジ」の勃興に立ち会い、ローリング・サンダー（メディスンマン）と出会い、ネイティブアメリカンの精神を伝える。また、一九八〇年代には小学館発行の写真雑誌『写楽』、同社刊『日本国憲法』の制作、雑誌『BE-PAL』創刊に参加。

■主な著書

『抱きしめたい――ビートルズと20000時間のテレビジョン』一九七六年大和書房

『自然のレッスン』一九八六年角川書店、二〇〇一年太田出版、二〇一四年ちくま文庫

『ネイティブ・マインド――アメリカ・インディアンの目で世界を見る』一九八八年地湧社

『ネイティブ・タイム――先住民の目で見た母なる島々の歴史』二〇〇一年地湧社

『パワー・オブ・ストーン――石の力と力の石』二〇〇六年荒地出版社

『雲のごとくリアルに　青雲編――長い距離を旅して遠くまで行ってきたある編集者のオデッセイ』二〇〇八年ブルース・インターアクションズ（現スペースシャワーネットワー

ク）

■主な編著書

『湘南——最後の夢の土地』北山耕平、長野眞＝編　一九八三年冬樹社

■主な訳書

『ローリング・サンダー——メディスン・パワーの探求』ダグ・ボイド著　谷山大樹共訳　一九九一年平河出版社

『インディアン魂——レイム・ディアー』上下　J・F・レイム・ディアー著　リチャード・アードス編　一九九八年河出文庫

『虹の戦士』Willoya & Brown　翻案＝北山耕平　一九九一年河出書房新社、一九九九年太田出版、『定本　虹の戦士』二〇一七年太田出版

『時の輪——古代メキシコのシャーマンたちの生と死と宇宙への思索』カルロス・カスタネダ著　二〇〇二年太田出版

『アメリカ・インディアンに学ぶ子育ての原点』エベリン・ウォルフソン著　二〇〇三年アスペクト

■特集

『Spectator』二〇一六年 Vol.37「北山耕平」特集号　インタビュー、エッセイ等

『QJ』創刊準備号　インタビュー　QJWeb サイト https://qjweb.jp/feature/15647/

本書の第Ⅰ部は、『抱きしめたい――ビートルズと20000時間のテレビジョン』の書名で、一九七六年に大和書房より刊行された単行本から、第三章以外を収録した（第三章は、他の章と重なる部分もあり割愛した）。

第Ⅱ部は、『湘南――最後の夢の土地』と『雲のごとくリアルに［青雲編］――長い距離を旅して遠くまで行ってきたある編集者のオデッセイ』から収録した。

『湘南』は、企画・編集・構成はFLY Communications 北山耕平・長野眞、一九八三年に冬樹社より刊行された単行本で、その中から「第4章　美しい心・美しい浜辺」を収録した。

『雲のごとくリアルに［青雲編］』は、二〇〇八年にブルース・インターアクションズ（現スペースシャワーネットワーク）より刊行された単行本で、その中から、冒頭部、01、08、15章を収録した。

自然のレッスン　北山耕平
自分の生活の中に自然を蘇らせる、心と体と食べ物のレッスン。自分の生き方を見つめ直すための詩的な言葉たち。帯文＝服部みれい　（曽我部恵一）

地球のレッスン　北山耕平
地球とともに生きるためのハートと魂のレッスン。そして、食べ物について知っておくべきこと。絵＝長崎訓子。推薦＝二階堂和美　（広瀬裕子）

アンビエント・ドライヴァー　細野晴臣
はっぴいえんど、YMO……日本のポップシーンで様々な花を咲かせ続ける著者の進化し続ける自己省察。帯文＝小山田圭吾　（テイ・トウワ）

Ai ジョン・レノンが見た日本　ジョン・レノン絵　オノ・ヨーコ序
ジョン・レノンが、絵とローマ字で日本語を学んだスケッチブック。「おだいじに」「毎日生まれかわります」などジョンが捉えた日本語の新鮮さ。

ぼくは散歩と雑学がすき　植草甚一
1970年、遠かったアメリカ。その風俗、映画、本、音楽から政治までをフレッシュな感性と膨大な知識、貪欲な好奇心で描き出す代表エッセイ集。

わたしの中の自然に目覚めて生きるのです　増補版　服部みれい
生き方の岐路に立ったら。毎日の悩みにも。自分の中の「自然」が答えてくれる。心身にも、人間関係にも役立つ。推薦文＝北山耕平、吉本ばなな

バーボン・ストリート・ブルース　高田渡
流行に迎合せず、グラス片手に飄々とうたい続け、いぶし銀のような輝きを放ちつつ逝った高田渡の酔いどれ人生、ここにあり。　（スズキコージ）

歌を探して　友部正人
詩的な言葉で高く評価されるミュージシャン自ら選んだベストエッセイ。最初の作品集から書き下ろしまで。帯文＝森山直太朗　（谷川俊太郎）

たましいの場所　早川義夫
「恋をしていいのだ。今を歌っていくのだ」。心を揺るがす本質的な言葉。文庫用に最終章を追加。帯文＝宮藤官九郎　オマージュエッセイ＝七尾旅人

狂い咲け、フリーダム　栗原康編
国に縛られない自由を求めて気鋭の研究者が編む。大杉栄、伊藤野枝、中浜哲、朴烈、金子文子、平岡正明、田中美津ほか。帯文＝ブレイディみかこ

見えない音　聴こえない絵　大竹伸朗

東京都現代美術館での「全景」展、北海道の牧場での個展、瀬戸内直島の銭湯等個性的展示の日々。新作木炭線画30点収録。（原田マハ、石川直樹）

夢を食いつづけた男　植木等

俳優・植木等が描く父の人生。義太夫語りを目指し、のちに住職に。治安維持法違反で投獄されても平和と平等のために闘ってきた人生。（栗原康）

ダダダダ菜園記　伊藤礼

畑づくりの苦労、楽しさを、滋味とユーモア溢れる文章で描く。自宅の食堂から見える庭いっぱいの農場で〝伊藤式農法〟確立を目指す。（宮田珠己）

ブルースだってただの唄　藤本和子

アメリカで黒人女性はどのように差別と闘い、生きてきたか。名翻訳者が女性達のもとへ出かけ、耳をすまして聞く。新たに一篇を増補。（斎藤真理子）

カムイ伝講義　田中優子

白土三平の名作漫画『カムイ伝』を通して、江戸の社会構造を新視点で読み解く。現代の階層社会の問題が見えると同時に、エコロジカルな未来も見える。

はたらかないで、たらふく食べたい　増補版　栗原康

カネ、カネ、カネの世の中で、ムダで結構。無用で上等。爆笑しながら解放される痛快社会エッセイ。文庫化にあたり50頁分増補。（早助よう子）

本屋、はじめました　増補版　辻山良雄

リブロ池袋本店のマネージャーだった著者が、自分の書店を開業するまでの全て。その後のことを文庫化にあたり書き下ろした。（若松英輔）

中島らもエッセイ・コレクション　中島らも　小堀純編

小説家、戯曲家、ミュージシャンなど幅広い活躍で没後なお人気の中島らもの魅力を凝縮！　酒と文学とエンターテインメント。（いとうせいこう）

ジンセイハ、オンガクデアル　ブレイディみかこ

貧困、差別。社会の歪みの中の「底辺託児所」シリーズ誕生。著者自身が読み返す度に初心にかえるという珠玉のエッセイを収録。

雨降りだからミステリーでも勉強しよう　植草甚一

1950～60年代の欧米のミステリー作品の圧倒的で、貴重な情報が詰まった一冊。独特の語り口で書かれた文章は何度読み返しても新しい発見がある。

ちくま文庫

北山耕平《きたやまこうへい》青春《せいしゅん》エッセイ集《しゅう》
抱《だ》きしめたい

二〇二二年十一月十日　第一刷発行

著　者　北山耕平（きたやま・こうへい）
発行者　喜入冬子
発行所　株式会社　筑摩書房
東京都台東区蔵前二―五―三　〒一一一―八七五五
電話番号　〇三―五六八七―二六〇一（代表）
装幀者　安野光雅
印刷所　中央精版印刷株式会社
製本所　中央精版印刷株式会社

ISBN978-4-480-43830-0　C0195